le cheval fantôme

Angela Dorsey

Couverture de
Helen Breznik

Texte français de
Isabelle Allard

Éditions **SCHOLASTIC**

Catalogage avant publication de la Bibliothèque nationale du Canada

Dorsey, Angela
[Horse Called Freedom. Français]
Mystère, le cheval fantôme / Angela Dorsey; texte français d'Isabelle Allard.
Traduction de : A Horse Called Freedom.

Pour les jeunes.
ISBN 0-439-96183-1

I. Allard, Isabelle II. Titre. III. Titre : Horse Called Freedom. Français.

PS8607.O77H6714 2004   jC813'.6   C2004-902625-9

Édition publiée par les Éditions Scholastic,
175 Hillmount Road, Markham (Ontario) L6C 1Z7.

5 4 3 2 1   Imprimé au Canada   04 05 06 07

Pour Seth, Maria et Charity,
qui ont été les premiers à écouter
mes histoires.

— A.D.

Chapitre un

Julie a l'impression qu'elles roulent depuis une éternité.

Elle regarde en silence la ville défiler sous ses yeux, bientôt remplacée par des champs verdoyants qui apparaissent entre les groupes de maisons, telles d'énormes émeraudes dans les plis d'une gigantesque courtepointe.

Maintenant, les champs cèdent peu à peu la place à la forêt. Julie scrute l'ombre sous les arbres. Les troncs se succèdent à la vitesse de l'éclair, comme les rayons d'une roue de bicyclette. Elle croit apercevoir un chevreuil dans l'obscurité, mais elle n'en est pas certaine. La voiture roule trop rapidement.

Julie pousse un grand soupir, puis lance un regard en direction de sa mère. Mais celle-ci ne semble pas l'avoir remarqué. Elle fixe la route des yeux avec une expression satisfaite. Comment peut-elle se comporter comme s'il s'agissait d'une journée ordinaire, alors que toute la vie de Julie est en train de s'écrouler?

Ce n'est pas juste! pense Julie, les yeux pleins d'eau. Elle n'arrive pas à croire qu'elles quittent la ville pour toujours, abandonnant leur appartement confortable, sa meilleure amie, le centre d'équitation et presque tout ce qui est important à ses yeux. Elle incline la tête pour que ses longs cheveux bruns cachent ses larmes inopportunes, et tente de cligner des yeux pour les retenir. *Je ne veux pas pleurer*, se dit-elle. *Je NE VEUX PAS pleurer!*

— Julie, je sais que ce n'est pas facile pour toi, surtout le fait de quitter Maria et le centre d'équitation, lui dit sa mère d'une voix douce. Mais tu sais, ton père et moi ne faisons pas cela pour te rendre malheureuse.

Julie voudrait lui répondre, mais la boule dans sa gorge l'en empêche. Si seulement sa mère comprenait à quel point elle souffre de quitter ses amis, aussi bien les chevaux que les humains. Elle se sent si impuissante. Elle ne peut que regarder par la fenêtre, les yeux brouillés par les larmes.

— Est-ce que ça va, ma chouette? dit sa mère en tendant la main pour lui toucher le bras.

Julie ne peut pas s'empêcher d'avoir un mouvement de recul. Elle fixe des yeux le trèfle sauvage qui tapisse le côté de la route. *Je ne suis pas très gentille*, pense-t-elle. *Maman et papa sont si contents de leur nouvelle entreprise, et moi, je m'arrange pour qu'ils se sentent coupables.* Julie sait que déménager à Belle-Rivière est la réalisation d'un vieux rêve pour ses parents. Ils projetaient depuis des années de posséder un journal dans une petite ville, et sont finalement parvenus à en trouver un dont le prix leur convenait, dans une ville qui leur plaisait.

Ils sont ravis de déménager. Ces jours-ci, sa mère sourit constamment et, ce qui est plus irritant encore, son père la taquine encore plus qu'avant – quand il en a le temps. Au cours des derniers mois, ses parents ont été incroyablement occupés. Ils ont dû faire maintes fois le trajet aller et retour pour trouver une nouvelle maison, vérifier la comptabilité et la gestion de *L'Écho de Belle-Rivière* avec l'ancien propriétaire, tout en continuant d'occuper leurs emplois réguliers. Hier, ils ont déménagé tous leurs meubles et leurs possessions dans la nouvelle maison.

Julie n'a pas encore vu la maison, en partie parce que l'école ne s'est terminée que ce matin pour les vacances d'été, et en partie parce qu'elle n'en avait pas envie. Malheureusement, elle sait déjà tout sur cette nouvelle maison. Sa mère et son père la lui ont décrite en long et en large, quoiqu'elle leur ait dit qu'elle ne voulait même pas considérer *l'idée* de déménager. D'une façon ou d'une autre, elle a réussi à conserver le mince espoir que cela ne se produirait pas, qu'ils ne déménageraient pas. Jusqu'à aujourd'hui.

Elle dresse rapidement la liste de ce que ses parents lui ont dit au sujet de la nouvelle maison : située dans une petite ville, elle est de taille moyenne, entourée de jardins. Tout ça paraît bien ordinaire. Pas très excitant! Mais Julie doit admettre qu'une chose est géniale : le terrain. Deux incroyables hectares! Dont une bonne partie sera le nouveau domaine de Kita.

Kita! Sa belle, sa merveilleuse Kita! L'élégante jument Pinto à robe fauve est arrivée au centre d'équitation deux ans auparavant, mais Julie a l'impression de la connaître depuis toujours. Kita n'était qu'une pouliche décharnée de trois ans à ce moment-là, et détestait être enfermée dans des espaces restreints. Son ancien propriétaire l'avait gardée confinée dans une stalle. Les premières fois que Myriam l'a laissée sortir, Kita ne voulait que courir. Elle galopait en rond dans l'enclos, la crinière et la queue au vent, jusqu'à ce qu'elle soit couverte de sueur et que ses épaules soient mouchetées d'écume. Ce n'est qu'alors qu'elle permettait à Myriam de l'approcher. Après quelques semaines, Kita s'est calmée. Quand elle a commencé à la dresser, Myriam a été étonnée de constater à quel point la pouliche était douce et réceptive.

Pour Julie, cette rencontre a été un véritable coup de foudre. Elle s'est retrouvée d'innombrables fois devant la stalle ou l'enclos de Kita. En très peu de temps, la pouliche a commencé à rechercher sa présence. Elle hennissait en entendant la voix de Julie et se hâtait jusqu'à la barrière qui les séparait, l'appelant jusqu'à ce qu'elle soit à ses côtés. Le lien entre la fillette et la jument a fini par devenir si fort que Myriam a permis à Julie de monter Kita. La plus belle période de la vie de Julie a alors commencé.

Julie et Kita ont passé d'innombrables après-midi à parcourir les sentiers du centre d'équitation, à se reposer sous les arbres, à galoper dans les prés. Julie sourit en se remémorant la façon magique dont les rayons du soleil scintillaient sur les épaules de Kita quand elle galopait, faisant onduler les taches fauves de sa robe comme des vagues de lave en fusion. Son abondante crinière de couleur crème flottait au vent, s'enroulant autour des mains de Julie comme un tourbillon de soie, et ses sabots martelaient le sol dans un bruit de tonnerre.

Puis, il y a six mois, le jour du douzième anniversaire de Julie, ses parents lui ont remis une grande enveloppe brune en guise de cadeau. Elle contenait une photographie de Kita avec un ruban rouge autour du cou, ainsi qu'un certificat d'enregistrement au nom de Julie Prévost, propriétaire de Chikita Dorabella (nom officiel de Kita). En voyant les papiers et la photo, Julie était demeurée muette. Elle était restée là, bouche bée, comme une parfaite idiote. Heureusement que son père n'avait pas sorti son appareil photo! Elle aurait été terriblement embarrassée! En fait, ce jour-là, rien n'est venu gâcher son anniversaire, ni ce qui promettait d'être la plus belle année de sa vie.

Non, ça, c'est arrivé quelques semaines plus tard – quand ses parents lui ont annoncé qu'ils allaient déménager. Au début, le déménagement ne semblait pas si important, à côté du bonheur de posséder Kita. Mais maintenant que le moment est arrivé, Julie se sent misérable. Par-dessus tout, elle va s'ennuyer de Maria, sa meilleure amie.

Mais Kita va vivre avec moi, maintenant, se dit-elle. *Il faut que je pense au bon côté. J'espère qu'elle va aimer ça, là-bas.*

— Maman?

— Oui?

— Papa dit qu'il y a une écurie sur notre terrain, pour Kita. De quoi a-t-elle l'air?

Sa mère plisse le nez. Ses cheveux blonds coupés court lui balaient la joue quand elle tourne la tête pour regarder Julie, avant de reporter son attention sur la route.

— Elle est petite et très vieille. Je crois qu'il faudra la démolir et en construire une nouvelle.

— Papa dit qu'elle est hantée.

La mère de Julie éclate de rire et écarte cette possibilité d'un geste gracieux de la main. Ses mouvements ont toujours beaucoup de grâce et d'élégance, et Julie espère avoir hérité de ce trait.

— Ton père t'a aussi dit que le magasin du coin était hanté, fait-elle remarquer.

— Je ne le crois pas, pour l'écurie! proteste Julie. Et je n'avais que six ans quand il racontait ces histoires sur le magasin.

Julie baisse les yeux et soupire de nouveau. Puis elle dit, d'une voix douce :

— Maman, pourquoi penses-tu que je vais aimer ça, là-bas?

— Eh bien! pour toutes sortes de raisons, répond sa mère. Ce sera merveilleux d'avoir une maison et un terrain, au lieu d'un appartement minuscule. Et Kita sera là, dehors, chaque fois que tu voudras la voir. Tu n'auras plus à faire un trajet de vingt minutes en autobus pour aller la retrouver. Et en plus, j'ai remarqué un autre cheval dans le voisinage, la dernière fois que j'y suis allée. Peut-être qu'il appartient à quelqu'un de ton âge, avec qui tu pourras faire des promenades.

Elle s'interrompt un moment, puis reprend :

— L'école a l'air très bien, même si elle est petite. Ton père et moi avons rencontré le directeur. Il dit que le professeur d'arts plastiques est excellent.

— Si l'école est petite, ça veut dire que je vais avoir du mal à me faire accepter, dit Julie. Les autres enfants se connaissent probablement depuis la maternelle. Ils ne voudront pas devenir mes amis.

— Mais voyons! Pourquoi ne voudraient-ils pas être tes amis? Tu es intelligente, gentille, jolie, douée, sportive! Pourquoi ne t'aimeraient-ils pas?

Julie sait qu'il vaut mieux changer de sujet. Il est inutile d'essayer de convaincre sa mère qu'elle ne sera pas la fille la plus populaire de l'école.

— Est-ce qu'on arrive bientôt? se lamente-t-elle en se tournant de nouveau vers la fenêtre. On roule depuis des heures!

— On est presque arrivées.

— Quoi? Mais il n'y a que des arbres!

— C'est que notre maison ne se trouve pas exactement *dans* la ville de Belle-Rivière, répond sa mère. Et tu as de la chance. On va arriver avant que la nuit tombe. Tu pourras aller jeter un coup d'œil au terrain et à l'enclos. Je suis sûre que tu vas adorer ça, et Kita aussi. Il y a plein d'endroits où se promener à cheval.

La voiture ralentit. La mère de Julie met son clignotant, puis tourne sur une route appelée chemin Salomon, selon une pancarte clouée de travers. La route est bordée de vieux arbres et surplombée par leurs branches, qui se rejoignent et s'entremêlent. La voiture passe devant une maison, un champ, puis deux autres maisons. Un grand poney blanc longe la barrière d'un petit enclos, luisant d'un reflet argenté dans le crépuscule.

Il ressemble à Capitaine, le poney gallois de Myriam, pense Julie, qui sent les larmes lui monter aux yeux une nouvelle fois. Est-ce qu'elle reverra Capitaine un jour? Et Jeudi? Et Winnie?

Des petits enfants se promènent en tricycle dans l'entrée de garage de leur maison. L'un d'eux s'arrête et salue Julie de la main. Julie ravale ses larmes et agite la main à son tour.

— Nous y sommes! dit sa mère d'une voix pleine d'excitation en s'engageant dans une allée de gravier. Nous voilà enfin chez nous!

Chapitre deux

Une petite maison à deux étages se dresse devant elles. Ses murs blancs fraîchement peints sont accentués par un toit et des garnitures vert foncé. Un bosquet de bouleaux pleureurs agrémente un côté de la cour, et une myriade de fleurs ornent l'allée qui mène au porche. Julie a l'impression de voir une rivière multicolore serpenter parmi les pierres plates. *Je comprends pourquoi maman est tombée amoureuse de cette maison. Elle adore les fleurs.*

— L'aimes-tu? demande sa mère d'une voix pleine d'espoir.

— Le jardin est super, répond Julie. Où est l'enclos de Kita?

— Attends une minute, dit sa mère en riant. Que penses-tu de la maison?

— Elle est bien. Plutôt jolie, répond Julie en observant la maison quelques secondes de plus. Elle ressemble au genre de maison où habiteraient les hobbits, s'ils vivaient dans des maisons et non dans des trous, « ce qui implique le confort », ajoute-t-elle en faisant référence à son livre préféré, *Bilbo le Hobbit*.

— Tu as raison, dit sa mère en riant. Et elle va nous

paraître immense après notre appartement, surtout que nous n'avons pas encore assez de meubles pour la remplir.

— Allons voir l'enclos et l'écurie de Kita, suggère Julie.

Elle ouvre la portière de la voiture et sort dans l'air doux du soir. Le parfum enivrant d'une douzaine de fleurs différentes flotte autour d'elle.

— Dépêchons-nous, dit sa mère. Dans quelques minutes, il fera trop noir. Faisons une visite rapide. Ce côté-ci de la cour avant est surtout planté de gazon, comme tu peux voir, mais il y a une longue plate-bande de lis le long des arbres. Certains de ces arbres se trouvent sur notre terrain et un sentier s'enfonce dans la forêt. J'ai déjà marché jusqu'au bout en prenant à droite à l'embranchement. Il se rend jusqu'en ville. Tu pourras donc emprunter ce chemin avec Kita quand elle sera arrivée. Peut-être que nous pourrons explorer ensemble le sentier de gauche, un de ces jours. Et voici le potager, dit-elle en s'arrêtant près du garage. J'espère que tu aimes désherber, ajoute-t-elle en souriant.

— Je suppose que je vais devoir apprendre, réplique Julie avec une grimace, tout en regardant la terre sombre labourée à côté du garage.

Des plantes ont surgi entre les rangées de pousses vertes.

— Pourquoi les mauvaises herbes sont-elles toujours plus hautes que les plantes qu'on veut garder? se demande-t-elle à voix haute.

— Ce n'est pas juste, hein? la taquine sa mère.

Elles dépassent le potager et se dirigent vers l'arrière du garage à deux voitures adjacent à la maison.

Le pré de Kita s'étend devant elles, vert et luxuriant. Au milieu du pré se dressent trois énormes peupliers. La brise nocturne joue dans leurs branches, faisant danser et trembloter les feuilles, telles des milliers de petites mains s'agitant pour les saluer. Leur doux bruissement accueillant remplit l'air.

Kita va adorer cet endroit, pense Julie. *Il y a beaucoup d'espace pour courir... des arbres pour s'abriter du soleil... et des herbes bonnes à croquer.* Elle suit des yeux la clôture de piquets qui entoure le pré. Le bois usé par les intempéries reçoit les dernières lueurs du soleil couchant, et se découpe, gris perle, sur les sombres silhouettes des arbres.

Les arbres sont plus petits du côté droit du pré, comme si cette partie de la forêt avait déjà été exploitée, il y a très longtemps. Soudain, le regard de Julie s'arrête sur un bâtiment foncé, tapi contre les arbres dans le coin droit, à l'avant du pré.

— Est-ce que c'est l'écurie? demande-t-elle à sa mère.

— Oui. Elle est mal en point, n'est-ce pas?

— Je comprends pourquoi papa veut s'en débarrasser, répond Julie. Elle est affreuse.

— Sans compter qu'elle présente des risques d'incendie, dit sa mère. Les rondins sont secs comme de l'amadou et il y a une meule de foin en train de pourrir derrière. Elle pourrait s'enflammer par une journée très chaude. Nous avons pensé déplacer le foin et réparer le bâtiment, mais je ne crois pas que ça en vaille la peine, ajoute-t-elle en haussant les épaules.

— Pourquoi? interroge Julie. Est-ce que ça risque de s'effondrer?

— Oh non, ça semble bien solide, mais l'intérieur est en piètre état. Il faudrait installer un plancher et des cloisons pour les stalles. Nous nous sommes dit qu'il serait préférable de l'utiliser seulement jusqu'à ce que nous en construisions une autre. Nous pourrons mettre la nouvelle écurie à l'endroit de notre choix. Celle-ci n'est pas très pratique, cachée dans un coin comme ça. Et en plus, ajoute-t-elle en souriant à Julie, elle est affreuse.

Julie ne peut pas s'empêcher de sourire, elle aussi, même si ses parents lui ont déjà parlé de la possibilité de remplacer l'écurie.

— Ce serait merveilleux d'avoir une nouvelle écurie! dit-elle.

Elle l'imagine déjà : blanche comme la maison, mais avec des accents bleus au lieu de verts. Il y aurait des stalles, des compartiments à grains et un endroit pour ranger le harnachement. Avec le temps, la douce odeur du foin et des chevaux imprégnerait le nouveau bois, lui donnant un parfum aussi accueillant et familier que celui de l'écurie de Myriam.

— Elle n'aura pas besoin d'être très grande, juste assez pour deux ou trois chevaux, la sellerie et le foin, dit sa mère en souriant. Si tu te fais des copines qui ont des chevaux dans les environs, elles pourront dormir ici, et leurs chevaux aussi.

— Oui, dit Julie. Et si Maria vient me rendre visite, on dormira à l'écurie, dans la stalle à côté de Kita. Ce serait génial!

— Bon, maintenant, laisse-moi te montrer la maison.

La noirceur les enveloppe peu à peu. Avant de se diriger vers la maison, Julie s'arrête pour observer les derniers rayons du soleil descendre à l'horizon. La masse noire de l'écurie se fond dans les arbres sombres derrière elle.

Julie est soudain secouée par un frisson en voyant disparaître le bâtiment dans l'obscurité. Elle s'efforce de distinguer une quelconque lueur sur sa façade sombre. *Comme ça, je saurais qu'elle est toujours là, dans le coin,* pense-t-elle.

Quelle drôle d'idée, se dit-elle en faisant demi-tour et en courant pour rattraper sa mère. *Comme si j'avais peur de me faire traquer par une vieille bâtisse!*

Une fois à la maison, sa mère monte les marches du perron arrière d'un pas léger et ouvre la porte moustiquaire.

— Nous avons tout déménagé hier, dit-elle d'un ton joyeux, mais rien n'a encore été déballé. J'espère que nous pourrons en faire une bonne partie demain.

— Pas de problème, répond Julie.

Sa mère déverrouille la porte et tâtonne le long du mur pour trouver l'interrupteur. La lumière envahit la pièce. Julie pousse un grognement. Des piles de boîtes sont entassées un peu partout. Le salon ressemble à une piste de course à obstacles, avec les meubles coincés entre les boîtes. Julie peut deviner qu'il y a un foyer, car elle aperçoit une cheminée de pierre qui s'élève le long du mur, mais le foyer lui-même est complètement dissimulé par les boîtes surmontées de couvertures et de courtepointes.

— Je ne pensais pas qu'on avait autant de choses! s'exclame Julie.

— Elles sont presque toutes ici, dit sa mère en riant. Il y a quelques boîtes dans le bureau, au deuxième étage, et les déménageurs ont mis les meubles dans les pièces appropriées, mais nous leur avons demandé de laisser la plupart des boîtes et des petits objets dans le salon, explique-t-elle en se frayant un chemin vers la pièce sur sa droite. Voici la chambre principale, dit-elle en franchissant la porte.

— C'est bien, dit Julie en jetant un coup d'œil dans la pièce vert clair. Où est la mienne?

— Oh, mais bien sûr! Elle est en haut. J'espère que tu l'aimeras, dit sa mère en montant l'escalier.

Au deuxième, il y a trois portes. La mère de Julie ouvre celle de droite :

— La voici!

Julie entre avec empressement dans une charmante pièce de grandes dimensions. Son lit, sa commode, sa table de chevet et son bureau sont au centre d'un tapis de couleur ivoire. Il n'y a rien d'autre dans la pièce. Deux murs sont peints d'un jaune vif et les deux autres sont blancs. Près du plafond, une frise de papier peint à motif de tournesol fait le tour de la pièce.

— Super, j'ai ma propre salle de bain! dit Julie en jetant un coup d'œil dans la petite pièce adjacente, qui est bleu clair. Incroyable! C'est une grande chambre! s'exclame-t-elle en se dirigeant vers la fenêtre qui donne sur l'arrière de la maison. Et elle est très jolie! ajoute-t-elle en s'assoyant sur la banquette aux coussins moelleux encastrée sous la fenêtre.

Sa mère est radieuse.

— Viens, dit-elle. Je vais te montrer le reste.

Elle sort dans le couloir et ouvre la deuxième porte :

— Voici une autre salle de bain. Nous avons plein de salles de bain! Il y en a pour les fins et pour les fous!

Elle ouvre la troisième porte :

— Voici la pièce qui va nous servir de bureau. Comme ça, ton père et moi pourrons passer plus de temps à la maison et travailler le soir, si nécessaire.

Le bureau est une pièce bleu clair, légèrement plus petite que la chambre de Julie. L'ordinateur, déjà déballé, trône sur le bureau, parmi des piles de papiers.

— Tu peux avoir cette chambre, si tu veux, au lieu de la jaune, dit sa mère. Mais j'ai pensé que tu préférerais la plus grande.

— Tu avais raison, dit Julie.

— Bon, descendons. Je vais te montrer le reste de la maison.

— D'accord, pourquoi pas la cuisine? dit Julie. Je meurs de faim. Désolée, maman, s'empresse-t-elle d'ajouter. Je voulais dire que j'ai vraiment *très* faim.

Sa mère déteste qu'elle dise qu'elle meurt de faim ou qu'elle est affamée. Julie ne compte plus les fois où elle s'est fait rappeler qu'il y a des enfants dans le monde qui meurent vraiment de faim.

— La cuisine est à côté du salon, dit sa mère en descendant l'escalier.

Julie aime la cuisine. Elle est claire et spacieuse, et ses fenêtres donnent sur la cour. Julie se penche par-dessus l'évier pour regarder par la fenêtre, mais comme il fait noir à l'extérieur, elle ne voit que son propre reflet.

— Je parie que d'ici, on peut voir une bonne partie du pré de Kita durant la journée, dit-elle.

— C'est parfait. Comme ça, tu pourras la surveiller pendant que tu fais la vaisselle, dit sa mère, qui se met aussitôt à rire devant l'expression de Julie.

Il y a un coin déjeuner devant la fenêtre en baie. Leur petite table ronde y est déjà installée, entourée des chaises. Quelques plantes sont sur la table, attendant d'être suspendues dans la fenêtre.

— À quoi sert cette pièce? demande Julie en pénétrant dans une pièce adjacente à la cuisine.

— C'était une salle à manger, mais nous allons en faire une salle de télévision et de lecture. Il nous faut un endroit où mettre tous les livres de ton père.

— Les miens aussi, dit Julie. Hé! Je peux les garder dans ma chambre, maintenant. Elle est si grande!

14

— Voilà, c'est à peu près tout. À l'exception de la salle de bain du rez-de-chaussée, mais on a assez vu de salles de bain pour aujourd'hui. Si on mangeait?

Après avoir avalé des sandwiches, Julie et sa mère déballent quelques boîtes étiquetées « cuisine » et rangent les casseroles, la vaisselle et les ustensiles dans les placards et les tiroirs. Puis elles téléphonent au père de Julie pour lui dire qu'elles sont arrivées sans encombre. Il lui reste encore une journée à travailler à son ancien emploi. Il va venir les rejoindre le surlendemain avec Kita.

Après avoir salué son père et souhaité bonne nuit à sa mère, Julie prend des draps et des couvertures devant le foyer et monte à sa chambre. Bien qu'elle soit épuisée, le fait de se trouver dans un nouvel environnement la garde éveillée. Elle ne cesse de se tourner et se retourner dans son lit. Finalement, elle parvient à s'endormir, la tête sous les couvertures, en se concentrant sur la sensation familière de son propre lit et en se faisant croire qu'elle est encore dans son ancienne maison.

Le lendemain matin, quand sa mère l'appelle du bas de l'escalier, Julie ne veut pas se lever. Au troisième appel, qui la menace d'une douche d'eau froide sur la tête, elle se force à s'asseoir dans son lit. Elle ne comprend pas pourquoi elle est si fatiguée. Elle n'a rien fait hier, sauf aller à l'école le matin, puis se rendre à la nouvelle maison.

Elle bâille. Elle voudrait se pelotonner en boule et s'enfouir de nouveau sous les couvertures. Mais elle s'oblige à se lever et à jeter un coup d'œil par la fenêtre. Le pré de Kita s'étend devant elle. Les peupliers lui paraissent aussi majestueux que la veille, et le pré, tout aussi magnifique. Julie s'assoit sur la banquette et appuie la tête sur le châssis. En entendant les pas de sa mère dans l'escalier, elle se lève d'un bond et court verrouiller la porte.

— Ça va, maman. Je suis debout. Je suis en train de m'habiller!

— Tu l'as échappé belle! répond sa mère en riant, avant de redescendre l'escalier avec son verre d'eau.

Aussitôt le déjeuner terminé, elles entreprennent la pénible tâche de déplacer les boîtes. Au début de l'après-midi, le salon est presque vide, bien que les meubles soient toujours éparpillés un peu partout. Les boîtes destinées au deuxième étage sont empilées au bas de l'escalier, et les autres ont été déposées dans les pièces appropriées. Toutes les boîtes étiquetées « cuisine » ont été déballées et leur contenu a été rangé.

Avant de s'attaquer aux boîtes de livres dans la salle de télévision, Julie prend une pause et va chercher son harnachement dans le coffre de la voiture. Elle met la selle dans le garage, sur un chevalet que son père lui a fabriqué. Puis elle prend la bride et le nouveau licou bleu vif qu'elle a acheté pour faire une surprise à Kita et les suspend à des chevilles fixées au mur. Elle dépose le seau rempli d'accessoires de pansage, de contenants de pommade, de lotion anti-mouches et de shampoing sur une étagère, près de la bride.

Ce sera agréable d'avoir une nouvelle écurie, pense Julie. *Je pourrai garder tout ce matériel dans la sellerie, au lieu du garage.* Avant de ressortir pour aller vérifier l'état de la clôture qui entoure le pré de Kita, Julie recule d'un pas pour admirer son travail. *Il faut que j'achète du savon à selle et de l'huile pour sabots,* se dit-elle. Au centre d'équitation de Myriam, ces produits lui étaient fournis.

Julie prend un marteau dans la boîte à outils de son père

16

et sort par la porte arrière du garage. En regardant par la fenêtre, ce matin, elle a remarqué que les traverses étaient toutes en place, mais elle veut s'assurer qu'elles sont bien solides. Kita aime se gratter sur les clôtures de bois, et Julie craint qu'elle ne fasse tomber une traverse branlante et ne s'échappe du pré.

Lentement, elle marche le long de la clôture. Une à une, elle saisit les traverses et les secoue, mais elles sont toutes bien solides. Elle ne voit aucun clou qui dépasse. Après avoir fait le tour du pré, elle se dirige vers la vieille écurie. Son père a laissé trois meules de paille jaune vif près de la porte. Julie espère qu'elle aura le temps de l'étaler sur le sol avant que sa mère ne lui demande de déballer d'autres boîtes. Mais, au même moment, sa mère l'appelle :

— Julie! Peux-tu venir m'aider à monter des boîtes?

— Je veux m'occuper de l'écurie avant! crie Julie.

— Tu feras ça demain matin. Tu auras tout le temps nécessaire.

Julie fait la grimace.

— J'arrive! répond-elle en se dirigeant vers la maison. Pourquoi faut-il que je l'aide à défaire les boîtes? grommelle-t-elle. Ce n'est pas moi qui voulais déménager!

Chapitre trois

Ce soir-là, à 10 h, presque toute la maison est rangée. Les placards de cuisine et le réfrigérateur ont été remplis de nourriture après une petite incursion en ville. Julie et sa mère ne sont allées qu'à la banque et à l'épicerie. Julie voulait aller voir le centre commercial et vérifier s'il y avait une piscine en ville, mais sa mère lui a dit qu'elles n'avaient pas le temps.

Toutefois, après avoir téléphoné à son père, Julie a pu appeler Maria. Elles ont parlé pendant presque une demi-heure. Maria lui a raconté la fête organisée par un de leurs amis pour célébrer le début des vacances d'été, et Julie lui a décrit la maison, les fleurs qui ressemblent à une rivière et le pré de Kita. Elles ne devaient parler que quinze minutes, mais une fois cette période écoulée, elles n'ont pas pu se résoudre à raccrocher. L'une d'elles avaient toujours un autre détail à raconter. Elles étaient en train de se promettre de s'écrire chaque semaine, quand le père de Maria a menacé de débrancher l'appareil. Elles ont alors dû se dire au revoir.

Julie bâille en entrant dans sa chambre. Elle est si fatiguée. Sa chambre est très jolie, malgré toutes les choses qui traînent un peu partout. *Mais je ne me sens pas chez nous*, pense Julie. *Peut-être que ce sera mieux une fois mes choses rangées. Ou peut-être quand papa et Kita seront là. Je suis si contente qu'ils arrivent demain.*

Avant de se coucher, Julie va à la fenêtre. Il fait trop noir pour distinguer quoi que ce soit, surtout avec la lumière allumée dans sa chambre, mais elle a encore en tête le tableau de ce matin. Elle imagine Kita en train de courir et de jouer dans l'herbe qui ondule dans la brise, sa longue crinière flottant autour de sa tête délicate et de son cou arqué, ses pieds caracolant, vifs comme l'éclair.

Demain, je vais fouiller pour trouver mon carnet à croquis. J'aimerais dessiner Kita pendant sa première journée ici, pense Julie en se dirigeant vers le lit. Elle soupire et saisit son ourson tout usé, posé sur une chaise miniature exprès pour lui.

— Qu'en penses-tu, Nounours? Comment trouves-tu notre nouvelle maison? demande-t-elle en le serrant dans ses bras.

Elle a cet ourson depuis l'âge de quatre ans. Le vieil ours en peluche est usé et miteux. Il a été rapiécé des dizaines de fois et sa fourrure feutrée est parsemée de plaques dénudées. Un de ses yeux a été remplacé et est plus grand que l'autre, ce qui donne l'impression qu'il s'apprête à faire un clin d'œil. Julie frotte sa joue sur la fourrure emmêlée et couche l'ourson sur son oreiller.

Après avoir enfilé son pyjama, elle éteint la lumière et se couche.

— Je sais que c'est une belle maison, chuchote-t-elle à son ourson. Mais ça me fait tout drôle, comme si j'étais chez des étrangers.

Après un long silence, Julie murmure d'une voix ensommeillée :

— J'espère que les autres enfants vont m'aimer...

Elle a l'impression de n'avoir dormi que dix minutes quand la sonnerie de son réveil retentit. Elle appuie sur le bouton, pousse un grognement, s'enfouit la tête sous l'oreiller et se rendort.

Elle rêve qu'elle entend Maria l'appeler. Mais elle ne peut pas lui répondre. Chaque fois qu'elle essaie de parler, son père ou sa mère lui enfoncent un beigne fourré à la crème dans la bouche. En entendant Kita hennir, elle se réveille brusquement et s'assoit dans son lit.

Il lui faut un moment pour se rendre compte que ce n'était qu'un rêve et que Kita n'est pas encore là. Elle jette un coup d'œil à son réveil : il est 9 h 23. Il est vraiment temps de se lever! Julie enfile ses vêtements, se lave rapidement les dents et se précipite au rez-de-chaussée. Sa mère est en train d'écrire, installée à la table de la cuisine.

— Maman, je vais préparer l'écurie, dit Julie en se hâtant vers la porte arrière.

— Et ton déjeuner? lance sa mère.

— Ce ne sera pas long, répond Julie par-dessus son épaule. Papa a dit qu'il n'y avait pas grand-chose à faire.

Elle va dans le garage chercher un vieux balai, le marteau et une lampe de poche. Son père lui a dit qu'il y avait quelques toiles d'araignée à enlever. Julie veut aussi s'assurer qu'il n'y a aucun clou branlant ou saillant, sur lequel Kita pourrait se blesser en s'y frottant. Elle doit également répandre la paille et remplir l'abreuvoir, près de la barrière.

Quand Julie s'approche de l'écurie de rondins, elle est surprise de constater à quel point elle est petite. Les gonds grincent quand elle ouvre la porte, lui donnant des frissons dans le dos. *Comme des crissements d'ongles sur un tableau,* pense-t-elle en jetant un regard autour d'elle. Elle finit par trouver une grosse roche qu'elle fait rouler jusqu'à la porte ouverte. Les gonds semblent trop rouillés pour que la porte se referme toute seule, mais elle est rassurée de savoir que la roche est là.

Il fait noir, là-dedans, pense Julie en scrutant l'intérieur obscur. À l'aide du balai, elle enlève les épaisses toiles d'araignée qui pendent dans l'embrasure de la porte, puis elle entre dans l'écurie. Il lui faut une ou deux minutes pour que ses yeux s'adaptent à la pénombre.

Je me demande si Kita va s'habituer à ce vieux cachot, même si c'est seulement pour un an, se dit-elle. *Ça sent le renfermé, comme si la porte n'avait jamais été ouverte.* Elle toussote en respirant l'air confiné.

Lorsque ses yeux se sont ajustés à l'obscurité, elle constate qu'il n'y a pas grand-chose à voir, de toute façon : un sol inégal en terre battue, quatre murs et un haut toit en pente. Dans un coin, il y a quelque chose qu'elle ne distingue pas très bien. Une masse à moitié cachée dans la pénombre.

On dirait un gros rocher.

Elle se souvient qu'elle a apporté une lampe de poche. Elle l'allume et la dirige vers le coin sombre. Les ombres semblent remuer, puis disparaissent.

— Ouf! souffle Julie. J'ai eu peur!

Mais pourquoi y a-t-il un gros rocher dans l'écurie? se demande-t-elle en secouant la tête. *Ça ne peut servir à personne, après tout. Peut-être qu'ils ont construit l'écurie par-dessus le rocher parce qu'il était trop lourd pour être déplacé.*

Le rocher est haut et tordu, placé debout comme si quelqu'un l'avait mis là délibérément. La lueur de la lampe de poche crée des formes bizarres sur la surface raboteuse de la roche.

On dirait une pierre tombale de film d'horreur, pense Julie en se remémorant un film qu'elle a vu avec ses parents. *Je sais! Je parie que c'est la pierre tombale d'une créature horrible et dégoûtante, comme une limace mutante qui couvrait les gens de sa bave visqueuse. Alors, les gens l'ont attirée dans l'écurie et l'ont écrasée avec la roche. Puis ils sont partis en pensant qu'elle était morte, mais la méga-limace gluante est sortie en glissant de sous la roche et a rampé de maison en maison...*

Julie glousse toute seule en éloignant le faisceau lumineux du rocher monstrueux pour éclairer les murs de l'écurie. Elle pousse un grognement. Ils sont couverts de couches poussiéreuses de toiles d'araignée, dont pendent de longs fils qui ondulent dans le courant d'air.

Juste quelques toiles d'araignée, hein, papa? se dit Julie en remettant la lampe dans sa poche d'un geste brusque, oubliant toutes ses visions de méga-limace. *C'est dégueulasse! J'espère qu'il n'y a pas d'araignée, au moins!*

La plupart des toiles d'araignée s'enlèvent facilement, en longues bandes grisâtres, mais quelques bouts adhèrent toujours aux vieux rondins. Après avoir retiré les longs fils de l'un des murs, Julie vérifie son travail à l'aide de la lampe de poche. Surprise, elle s'approche et passe la main sur le mur.

De profondes entailles ont été pratiquées dans les épais rondins. Les éclats de bois sont tombés avec le temps, mais des cicatrices demeurent, marquant profondément le bois.

C'est comme si quelqu'un avait donné des coups avec une hache, se dit Julie. *Non, pas une hache, plutôt un instrument contondant comme une masse.*

Soudain, l'atmosphère semble s'alourdir. Julie a l'impression qu'un regard froid et hostile lui perce l'arrière du crâne. Des yeux de limace maléfique. Elle a soudain la chair de poule. Pivotant sur elle-même, elle braque la lampe de poche sur le gros rocher tordu. Les ombres s'évanouissent dans le faisceau lumineux.

— Ne sois pas idiote, dit-elle à voix haute pour chasser cette étrange sensation qu'elle a d'être épiée.

Pas étonnant que papa me taquine toujours au sujet de mon imagination délirante.

Julie balaie les toiles d'araignée derrière le rocher et sur les autres murs, aussi haut qu'elle le peut, puis commence à étaler la paille sur le sol de terre battue.

Après une heure de travail, elle a terminé et la petite écurie a bien meilleure allure. Avec le soleil qui entre à flots par la porte ouverte et illumine la paille jaune, elle a presque l'air douillette et confortable. La brise matinale a pratiquement chassé l'air renfermé, et la douce odeur de la litière de paille remplit l'écurie. Seules une ou deux toiles d'araignée demeurent, ondulant doucement dans la brise. Julie entend les oiseaux chanter dehors, et leur gazouillement joyeux vient compléter la transformation de la vieille écurie.

Jetant un dernier regard autour d'elle, Julie remarque un tas de paille qu'elle a oublié de répandre. Tout en le défaisant, elle entend un son familier, étouffé par le bruissement de la paille. Elle s'arrête pour écouter.

Elle l'entend de nouveau. Le son éloigné d'un cheval qui s'ébroue.

— Kita? murmure-t-elle.

Étonnée, Julie s'approche de la porte et regarde aux alentours. Il n'y a pas de remorque pour chevaux dans l'entrée du garage. Elle revient dans l'écurie. *Mais qu'est-ce que j'ai entendu, alors? Est-ce qu'on peut entendre le cheval du voisin d'ici?*

Tout à coup, Julie retient son souffle. Un frisson de frayeur l'envahit. A-t-elle bien vu quelque chose bouger dans l'ombre du rocher? Terrifiée, elle sent l'atmosphère qui s'alourdit de nouveau, qui l'enveloppe comme un épais brouillard suffoquant.

C'est alors qu'elle la voit! Une forme indistincte qui semble sortir du néant! Terrassée par la frayeur, Julie est complètement paralysée. La masse de fumée noire se met lentement à tourbillonner et à bouillonner. Le souffle coupé, Julie voit quatre longues vrilles s'échapper de la masse bouillonnante et s'étirer jusqu'au sol de l'écurie.

La lampe de poche, pense-t-elle, affolée. *Prends la lampe de poche!*

Vite, elle fouille dans sa poche et en sort la lampe. La lumière éclaire le coin de l'écurie.

Il n'y a rien.

Pendant quelques instants, Julie n'arrive ni à respirer, ni à penser. Puis une profonde inspiration gonfle ses poumons et un torrent de pensées lui envahit l'esprit, dans un effort désespéré pour expliquer ce phénomène étrange. *Ce doit être mon imagination. C'est trop horrible pour être vrai. J'ai lu trop d'histoires de fantômes. Il n'y a rien ici. Ce n'est qu'une horrible hallucination. J'ai rêvé tout éveillée.*

Le son d'un klaxon la fait sursauter. *Kita et papa!*

Au prix d'un terrible effort, elle tente de surmonter sa peur. Elle recule de quelques pas, s'arrêtant un moment près de la porte, appuyée contre le montant. Le cœur battant, elle dirige une fois de plus le faisceau de sa lampe sur le rocher noir. Ses mains tremblantes font osciller la

24

lumière sur la surface inégale.

Voyons! Bien sûr qu'il n'y a rien, se dit-elle. *C'est mon imagination qui m'a joué des tours.*

Prenant une dernière inspiration en tremblant, elle fait demi-tour et court vers la remorque qui s'engage dans l'allée.

Chapitre quatre

— Bonjour, papa! Comment va Kita? demande Julie d'une voix mal assurée à son père qui descend de la camionnette.

— Très bien, comme d'habitude, répond son père. Est-ce que tu as préparé l'écurie?

Il lève les yeux vers la maison en voyant sa femme venir dans leur direction.

— Bonjour, chérie!

Julie est soulagée que son père n'ait pas remarqué son énervement.

— Oui, elle est prête, dit-elle par-dessus son épaule en se hâtant vers l'arrière de la remorque.

Elle en ouvre les portes et y monte pour détacher la jument, qui est impatiente de sortir. Kita ne se fait pas prier pour reculer le long de la rampe de la remorque. Une fois en bas, elle se tient immobile comme une statue, la tête haute. Elle renifle l'air parfumé, puis fait un pas de côté avec nervosité en hennissant bruyamment.

— Désolée, ma belle, tous tes amis sont au centre d'équitation de Myriam, dit Julie en passant la main sur le cou satiné de la jument.

Kita tape du pied, puis baisse la tête. Elle souffle affectueusement dans les cheveux de Julie, puis sur sa joue.

Julie glousse en sentant le souffle chaud lui chatouiller la figure.

— Elle est contente de te voir, dit son père derrière elle.

— Moi aussi, je suis contente de la voir, dit Julie en attirant doucement la tête de Kita vers elle.

Elle l'embrasse sur la bouclette qui lui descend au milieu du front.

La mère de Julie frotte la tête de Kita derrière les oreilles et sourit à son mari :

— Je suis contente que Kita et toi soyez arrivés sains et saufs, blague-t-elle.

Le père de Julie sourit :

— Qu'est-ce que tu veux insinuer? Que je suis un empoté avec les chevaux?

— Oh non! réplique-t-elle, les yeux pétillants. Je n'oserais *jamais* dire ça!

— Tout s'est bien passé, proteste-t-il. Demande à Kita si tu ne me crois pas. Je me suis arrêté deux fois pour vérifier si elle allait bien, dit-il en faisant un clin d'œil à Julie. La première fois, elle m'a regardé, l'air de dire : « Qu'est-ce que tu attends? Reprends la route! » La deuxième fois, elle avait l'air plutôt fâchée contre moi.

— Est-ce que je peux aller avec toi quand tu rapporteras la remorque de Myriam? demande Julie avec espoir.

Elle aimerait bien voir si Capitaine s'est ennuyé d'elle.

— Bien sûr, mais je ne la rapporterai pas au centre d'équitation, répond son père. Myriam a acheté un cheval dans un ranch près d'ici, et c'est là que je dois aller la porter. Ils vont s'en servir pour emmener le cheval chez Myriam.

Julie s'efforce de retenir ses larmes. *Ne sois pas idiote*, se dit-elle. *Tu étais au centre d'équitation il y a seulement quelques jours.* Elle se tourne vers Kita et replace doucement la longue mèche sur son front.

— J'ai déjà vérifié que les traverses de la clôture étaient solides, dit son père. Tu n'auras pas besoin de t'en occuper.

— Je l'ai déjà fait.

— Et tu as préparé l'écurie? demande-t-il pour la deuxième fois.

Julie, qui se sent un peu mieux, répond :

— Oui, papa. Et en passant, merci de m'avoir dit qu'il y avait seulement quelques toiles d'araignée!

— Comme je t'ai dit, ce n'était pas un gros travail, dit-il.

Il éclate de rire et tend la main pour retirer un long fil argenté des cheveux de Julie.

— On dirait que tu t'es bien amusée, après tout, dit-il.

— Je te revaudrai ça, tu vas voir! lance Julie par-dessus son épaule en conduisant Kita vers le pré. C'est promis!

Elle ne peut pas s'empêcher de sourire en voyant l'air faussement horrifié de son père.

Julie commence par faire longer la clôture à Kita. Elle sait que la jument va se mettre à courir aussitôt qu'elle sera libre, et elle veut lui faire voir où se trouve exactement la clôture, afin qu'elle puisse s'arrêter à temps.

La jument à robe fauve et blanche caracole aux côtés de Julie en reniflant l'air frais. Ses sabots martèlent doucement le sol moelleux. Elle sursaute quand un lapin surgit en bondissant d'un buisson et disparaît dans les arbres.

Julie met sa main sur le cou de Kita pour la calmer. Elle est si heureuse de l'avoir auprès d'elle. Elle tortille ses doigts dans la longue crinière tout en avançant dans l'herbe tendre et frémissante. Elle fait le tour du pré en longeant la clôture, puis attache Kita près de la barrière et court chercher son nouveau licou.

— C'est pour toi, ma belle, dit-elle en lui montrant le licou bleu vif.

Elle défait la boucle du licou décoloré que porte Kita et passe le nouveau sur sa tête gracieuse. Comme la muserolle est trop grande, Julie ajuste la boucle sous le menton de Kita. Puis elle attache la longe à l'anneau du licou et recule pour admirer l'effet. La couleur du licou met en valeur les taches roussâtres de la jument, donnant l'impression qu'elle rayonne de l'intérieur.

Julie contemple la superbe jument avec admiration. Son chanfrein concave, ses petites oreilles et son dos court, qu'elle tient de sa mère, une jument arabe, se marient harmonieusement aux longs membres, au corps élancé et aux taches fauves héritées de son père, un cheval de selle américain. Elle doit son port de tête et de queue élevé à ses deux parents.

Kita s'ébroue et piaffe avec impatience. Julie la détache. La jument se rend à l'abreuvoir et souffle bruyamment dans le récipient vide.

— Je suis désolée, dit Julie à Kita en la rattachant et en lui caressant le cou. Je n'ai pas eu le temps de tout préparer.

Elle franchit la clôture et court ouvrir le robinet. Un mince filet d'eau sort du boyau d'arrosage. Pendant que l'abreuvoir se remplit, Julie amène Kita voir l'écurie.

En approchant de la porte sombre, Julie hésite. Dans l'énervement de l'arrivée de Kita, elle a voulu oublier ce qu'elle a cru voir, mais ses craintes lui reviennent à l'esprit. Kita sent son malaise et s'arrête à la porte.

— Ça va, ma belle, dit Julie avec plus de conviction qu'elle n'en éprouve. Il n'y a rien là-dedans, à part le produit de mon imagination. Tu n'as pas besoin d'entrer tout de suite, si tu ne veux pas.

Elle donne du jeu à la longe de Kita pour lui permettre d'examiner les lieux, et lui met la main sur l'épaule. Les muscles de la jument sont tendus. Elle fait un pas en avant et passe sa tête à liste blanche dans l'embrasure de la porte. Elle scrute la pénombre et les coins obscurs au fond de la bâtisse. Soudain, elle relève la tête et pointe les oreilles vers l'avant. Elle reste immobile un long moment, puis s'ébroue et entre dans l'écurie.

Julie la suit, étonnée que Kita entre de son propre gré. Kita n'aimait pas l'écurie chez Myriam. Elle craignait toujours qu'on l'y enferme trop longtemps.

Julie tient la longe pendant que Kita se déplace dans l'écurie, reniflant la paille, les murs, le rocher. Ses mouvements se font peu à peu moins nerveux. À mesure que la jument se détend, Julie se sent devenir plus calme. Une fois son examen terminé, Kita s'approche de Julie.

— Alors, aimes-tu ta nouvelle maison, Kita? demande gentiment Julie.

Kita la pousse du nez et hennit doucement.

— Je suis contente que tu sois ici, dit affectueusement Julie en entourant le cou de l'animal de ses bras.

Elle sent que la jument lui transmet sa chaleur et sa force réconfortantes. Sa merveilleuse odeur de cheval lui remplit les poumons. En s'éloignant de Kita, Julie se sent plus forte. Et peut-être même un peu plus grande.

— Viens, Kita. Il devrait y avoir assez d'eau dans ton abreuvoir, maintenant.

Julie mène Kita à l'abreuvoir, puis détache sa longe. La jument se met aussitôt à galoper, sa queue flottant derrière elle comme un fanion roux et blanc. Elle fait deux fois le tour du pré au galop, puis s'arrête sous un arbre. Avant de baisser la tête pour brouter, elle pousse un hennissement sonore. Un peu plus bas sur la route, le cheval blanc lui répond. Kita dresse les oreilles en direction du son. Elle hennit de nouveau, puis, voyant qu'il n'y a pas de réponse, elle se met à paître. Julie l'observe pendant quelques minutes, puis entre dans la maison pour déjeuner. Elle décide de ne pas monter Kita aujourd'hui, pour lui laisser le temps de s'habituer à sa nouvelle maison.

Plus tard dans la matinée, Julie monte à sa chambre. À mi-chemin dans l'escalier, elle s'arrête pour écouter. La maison est silencieuse. Ses parents sont en bas, dans la cuisine, et seul le doux murmure de leurs voix lui parvient. Cela lui paraît étrange de ne pas entendre le bourdonnement constant de la circulation. *C'est bizarre,* pense Julie, *mais on dirait que je remarque plus le silence que la circulation.*

Dans sa chambre, Julie se laisse tomber sur son lit en soupirant.

— Je devrais vraiment déballer toutes ces boîtes, dit-elle à Nounours. Comment ça se fait que j'ai autant de choses? C'est sûrement de ta faute. Comme d'habitude!

Julie déplace d'abord les meubles pour les mettre au bon endroit. Elle sait qu'elle pourrait demander à ses parents de l'aider, mais elle préfère rester seule, et les meubles ne sont pas tellement lourds.

Puis elle s'assoit par terre parmi les boîtes et renverse le contenu de la première devant elle. Ce sont ses magazines de chevaux. Julie met la pile sur la tablette de sa table de chevet, puis se tourne vers une autre boîte. Celle-ci contient un peu de tout : un chat tigré en verre, une tirelire à moitié remplie, deux affiches de chevaux et une tasse en terre cuite contenant un collier d'amitié que Maria et elle ont acheté ensemble deux ans auparavant. Maria en a un, elle aussi. Les pendentifs des deux colliers correspondent, tels des morceaux de casse-tête, pour former un cœur. Julie glisse la chaîne autour de son cou. La moitié de cœur est froide sur sa peau.

Elle sort ensuite la petite photo encadrée représentant Maria et elle lors des dernières vacances de Noël. Elle se lève et se dirige vers la banquette sous la fenêtre. Elle se rappelle le jour où sa mère a pris cette photo. C'était l'après-midi de Noël. Maria était venue chez elle avec ses parents avant d'aller rendre visite à ses grands-parents. Pendant que les adultes bavardaient dans la cuisine, Maria et Julie s'étaient donné leurs cadeaux.

Julie avait offert à Maria un livre sur les chats, qu'elles avaient toutes deux admiré dans une librairie quelques semaines plus tôt. En ouvrant son présent, Maria avait éclaté de rire. Elle riait tellement qu'elle était incapable d'expliquer la cause de son hilarité. Elle avait simplement fait signe à Julie d'ouvrir son cadeau à son tour. Et ce cadeau était le même livre sur les chats! Elles avaient ri jusqu'à ce que les larmes leur coulent sur les joues et que les adultes viennent voir ce qui se passait.

Julie sourit. Sur la photo, Maria porte une robe parce qu'elle devait aller chez ses grands-parents ce jour-là, et Julie est vêtue d'un jean et d'un t-shirt. Mais elles tiennent toutes les deux leurs livres identiques à bout de bras et elles ont le même sourire radieux.

Julie soupire et jette un coup d'œil au pré par la fenêtre. Son visage montre des signes de panique pendant que ses yeux balaient le pâturage. Elle ne voit Kita nulle part. *Elle est peut-être dans l'écurie,* pense-t-elle. *Mais non, c'est impossible. Elle est probablement derrière.*

Julie vient de déposer la photo et s'apprête à courir vers la porte quand Kita sort de l'écurie. La jument s'arrête et se met à brouter devant la porte. Julie pousse un soupir de soulagement et se rassoit. Elle appuie sa joue contre la vitre froide et continue à regarder dehors. Les herbes frémissantes ondulent autour des pattes de Kita, donnant l'impression qu'elle est debout dans l'eau. La brise ébouriffe sa queue à l'extrémité rousse, qui semble effleurer la surface d'un lac vert.

Julie se lève et va fouiller dans l'une des boîtes. Elle trouve son carnet à croquis et ses crayons, puis va se rasseoir sur la banquette et se met à dessiner. Elle vient à peine de commencer à esquisser les membres antérieurs de Kita, quand celle-ci relève la tête et se retourne vivement pour faire face à l'écurie. La jument émet un ébrouement sonore qui résonne dans l'air immobile, puis s'avance avec précaution. Elle s'arrête, la tête dans l'embrasure.

Julie dépose son carnet et ouvre la fenêtre plus grande :

— Kita! appelle-t-elle.

Kita regarde un instant en direction de la maison, mais Julie se rend compte que la jument ne lui porte pas vraiment attention. Elle regarde de nouveau dans la pénombre de l'écurie, puis entre à l'intérieur en hennissant doucement.

Le cœur de Julie se serre. *Pourquoi Kita hennit-elle comme ça? Est-ce que le cheval blanc des voisins l'aurait encore appelée? Mais si c'est le cas, pourquoi entre-t-elle dans l'écurie? Elle n'aime pas les écuries!*

La vision de la masse sombre grouillante refait surface dans l'esprit de Julie. Elle ne peut pas s'empêcher de revoir les efforts silencieux de cette chose indistincte pour prendre forme dans l'ombre du rocher tordu.

Mais quelle forme? se demande Julie, malgré son désir de penser à autre chose.

À n'importe quoi d'autre.

Elle secoue violemment la tête pour chasser l'horrible sensation de lourdeur qui l'envahit de nouveau, jusque dans sa chambre claire et joyeuse. Elle commence à avoir la nausée.

— Non! Non! C'est impossible! dit-elle à voix haute, avec emportement. De telles choses n'arrivent qu'au cinéma.

Elle s'interrompt et regarde de nouveau par la fenêtre.

— En plus, ajoute-t-elle d'une voix plus calme, Kita n'a pas peur. Je sais qu'elle n'entrerait jamais là-dedans s'il y avait quelque chose de maléfique à l'intérieur. C'est la preuve qu'il n'y a rien du tout. Je *sais* que je peux faire confiance à Kita.

Elle se force à reprendre son carnet et à continuer son dessin de mémoire. Voyant que ses doigts tremblants ont tracé des jambes tordues, elle est si contrariée qu'elle lance son crayon par terre.

Elle reprend la photo. *J'espère que maman me laissera téléphoner à Maria ce soir,* pense-t-elle en allant mettre la photo sur sa commode. *Il faut vraiment que je lui parle. J'ai besoin de parler à quelqu'un qui me comprend. Maman et papa, et même Kita, ont l'air de penser qu'on est ici chez nous. Mais ce n'est pas vrai!*

Julie balaie la pièce du regard. *Cette chambre est si jolie. Je sais que je devrais l'aimer. Mais je ne me sens pas à ma place, ici. Ce n'est pas ma chambre.*

Je veux rentrer chez nous!

Chapitre cinq

Le lendemain matin, en entrant dans la cuisine, Julie trouve encore sa mère en train d'écrire. Mme Prévost lève les yeux de l'article qu'elle est en train de rédiger et prend une gorgée de thé. La vue de sa mère qui semble profiter de la matinée met Julie de mauvaise humeur.

— Je peux te faire des crêpes, si tu veux, propose sa mère.

— Je n'ai pas faim, répond sèchement Julie. Et en passant, il faut que je téléphone à Maria ce soir. J'ai besoin de lui parler.

La veille, ses parents ont préparé du maïs soufflé et loué deux films que Julie voulait voir. Elle a essayé d'appeler Maria après le premier film, mais il n'y avait pas de réponse. Et une fois le deuxième film terminé, il était trop tard pour téléphoner.

— Bien sûr, ma chouette. Tu pourras lui parler un peu plus longtemps ce soir, dit sa mère d'une voix apaisante qui irrite encore plus Julie. Ça coûte cher quand on parle longtemps, mais quelques minutes de plus ne feront pas une grande différence. Veux-tu venir au bureau du journal ce matin? Ton père est déjà là-bas.

— Non, je vais me promener avec Kita aujourd'hui et explorer le sentier dans les bois, répond Julie.

— D'accord, mais assure-toi de prendre à droite à l'embranchement. Nous n'avons pas encore vérifié l'autre sentier ensemble, dit sa mère. Et sois de retour avant 1 h. Je vais te téléphoner pour vérifier si tu es rentrée et si tout va bien. Tu peux aussi m'appeler, si tu veux. J'ai noté le numéro près du téléphone. Et tu connais les autres règles.

— Oui, oui, dit Julie en se dirigeant vers la porte.

— Attends! l'appelle sa mère. Il faut que tu manges quelque chose. Kita peut bien attendre quelques minutes. Assieds-toi.

Julie gémit. Il y a toujours quelque chose qui l'empêche de faire ce qu'elle veut. Pourquoi ne la laissent-ils pas tranquille?

Après avoir mangé du pain grillé et des céréales, Julie s'enfuit vers le pré de Kita. Elle attache la jument à la clôture et commence à la panser.

— Je ne suis pas fière de moi, Kita, murmure-t-elle. Maman et papa sont gentils avec moi et se plaisent tellement ici, mais je suis fâchée contre eux! Ce n'est pas juste qu'ils soient heureux d'avoir déménagé, alors que moi, je déteste ça. Ils auraient dû attendre que *toute* la famille soit d'accord pour déménager.

Les mouvements de Julie se font brusques et la jument remue sous ses coups de brosse. Julie ne semble pas s'en rendre compte.

— Et toi? Comment ça se fait que tu te plaises tant que ça, ici? Tu as passé presque toute la journée dans cette stupide écurie hier. Tu ne t'ennuies pas de ton ancienne écurie et de tes amis?

Julie s'interrompt brusquement. Bon, voilà qu'elle est méchante avec Kita, maintenant! Elle reste immobile, les bras ballants, et respire profondément. Elle laisse tomber la brosse par terre et appuie ses bras et son front sur le flanc de la jument.

— Excuse-moi, Kita, chuchote-t-elle d'une voix entre-coupée. Je sais que ce n'est pas de ta faute, ni celle de papa et maman. Mais je suis si malheureuse. Comment les choses peuvent-elles aller si bien et si mal en même temps? Je veux rentrer chez nous!

Les larmes qu'elle retient depuis si longtemps se mettent à couler. Elles tombent sur Kita, traçant de sombres sillons sur le flanc roux de l'animal. Kita tourne la tête et hennit doucement. Les larmes de Julie coulent de plus belle. Des sanglots secouent ses minces épaules. Elle s'avance pour mettre ses bras autour du cou de la jument et enfouir son visage dans sa crinière soyeuse. Kita attend patiemment.

Finalement, Julie cesse de sangloter et se redresse, les yeux rouges et gonflés d'avoir tant pleuré. Son corps tremble et sa respiration est encore inégale quand elle ramasse la brosse et se remet silencieusement à brosser la jument.

Avant de partir en promenade, Julie rentre dans la maison pour se laver la figure. Elle est soulagée de voir que sa mère est déjà partie. *Ce sera plus facile si elle ne sait pas que j'ai pleuré,* pense Julie. *Plus facile pour nous deux.*

Dans la cuisine, Julie se prépare un sandwich au beurre d'arachide et l'emballe. Puis elle monte à sa chambre prendre son carnet à croquis, ses crayons et un chandail en coton ouaté. Elle met le tout dans son sac à dos, qu'elle suspend à la clôture pendant qu'elle va dans le garage chercher la selle, la couverture et la bride.

Kita est en train de brouter sous les peupliers quand Julie l'appelle. Elle traverse le pré à un trot enlevé.

— Kita, ma coquine, qu'est-ce que tu as fait de ton licou?

Tu l'avais il y a quelques minutes.

Julie passe la bride au cou de Kita, lui met la selle, puis attache son sac à dos derrière. Elle se met en selle et commence à faire le tour du pré pour trouver le licou. Elle était certaine de trouver sans problème le licou bleu vif, mais elle ne le voit nulle part. Finalement, il ne reste qu'un endroit à vérifier : l'écurie. Julie descend de cheval et conduit Kita à l'intérieur. Avec Kita auprès d'elle, elle se sent protégée, à l'abri de sa propre imagination.

Une fois ses yeux habitués à la pénombre, Julie aperçoit une forme bleue dans le coin, près du gros rocher. C'est le licou, qui a été piétiné et est partiellement recouvert de terre. La paille tout autour est écrasée et salie. Étonnée, Julie ramasse le licou, le brosse de la main et le suspend au pommeau de la selle. Puis elle répand de la paille propre autour du rocher. Kita pousse un hennissement sonore.

— Comment as-tu fait pour l'enlever? demande Julie.

Kita lui répond par un autre hennissement impatient.

— Oui, oui, on y va, dit Julie en flattant l'épaule de la jument et en la conduisant vers la porte. Je n'aime pas être ici, de toute façon.

Se promener à cheval dans la forêt est encore plus agréable que l'avait imaginé Julie. À peine entrée dans les bois, elle a la sensation d'entrer dans un autre univers. Un silence ouaté et réconfortant l'enveloppe, et de hautes colonnes de lumière remplies de grains de poussière s'infiltrent entre les arbres gigantesques. Des aiguilles de pin et de sapin tapissent le sol, étouffant le bruit des pas de Kita. Des chants d'oiseaux et le jacassement d'un écureuil s'élèvent de temps à autre dans le calme de la forêt.

Julie a vu des photos de cathédrales européennes dans un livre qui appartient à sa mère. D'une certaine façon, la forêt lui rappelle ces photographies. *Les troncs d'arbres sont comme les aiguilles des clochers, leurs branches représentent les sculptures ouvragées, et les animaux et les oiseaux constituent les tapisseries et la musique,* imagine Julie. Mais les arbres lui paraissent plus vieux et plus silencieux que les anciennes cathédrales. Plus mystérieux. Comme s'ils savaient quelque chose que personne d'autre ne sait et dont ils gardent le secret.

Le sentier se divise devant elles. Julie et Kita prennent à droite. Bientôt, les arbres deviennent plus petits et le tapis végétal s'épaissit. Ici et là, Julie aperçoit d'énormes souches qui s'élèvent dans les broussailles. Elle aime bien cette partie de la forêt, plus animée, comme si la vie avait explosé dans une multitude de formes, après la coupe des vieux arbres. Un bruit de ruissellement se fait entendre au-dessus des chants d'oiseaux. Après un virage, Julie voit un minuscule ruisseau scintillant qui traverse le sentier. Kita le franchit habilement d'un bond, et Julie se met à rire. Kita n'aime pas se mouiller les pieds.

Juste au-delà du ruisseau, le sentier s'ouvre sur un grand pré. Un immeuble allongé qui a l'allure caractéristique d'une école se trouve de l'autre côté. Julie contourne le terrain de soccer et fait le tour de l'école. En lisant le nom inscrit à l'avant, elle voit qu'il s'agit de l'école qu'elle va fréquenter en septembre. Elle fait avancer Kita sur la pelouse et s'approche des fenêtres pour jeter un coup d'œil sur les salles de classe à l'intérieur.

Un autre ruisseau longe le terrain de l'école à cette extrémité. Julie se demande s'il s'agit du ruisseau qu'elle a vu dans les bois. Kita baisse la tête pour boire pendant que Julie observe les petits poissons argentés qui filent à toute allure dans l'eau peu profonde.

Comme elles s'apprêtent à partir, une voiture passe dans la rue. Deux filles qui ont l'air de jumelles agitent la main dans la fenêtre arrière. Julie leur fait signe à son tour et se demande si elles vont être dans sa classe. Elle est heureuse de voir qu'elles ont l'air gentilles. Certains enfants de son ancienne école n'étaient pas très accueillants avec les nouveaux élèves.

Toujours à cheval, elle se promène dans les rues et regarde les maisons. *Tout est si propre et soigné,* se dit-elle. *Trop propre et soigné! Peut-être que Belle-Rivière est comme la ville du livre* Un raccourci dans le temps, *où l'esprit des gens était contrôlé par une chose qui les faisait balayer leurs perrons tous en même temps.*

— Bonjour, fait une voix, interrompant ses rêveries.

Julie sourit timidement à la fille blonde qui vient de lui adresser la parole :

— Bonjour.

— J'aime ton cheval, dit la fille. Il est superbe. Vis-tu ici?

— Oui. Nous avons emménagé il y a trois jours. Vis-tu ici, toi aussi?

— Oui. Ma maison est là-bas, répond la fille en désignant une maison verte de taille moyenne, de l'autre côté de la rue. Je m'appelle Pénélope Martin. Et toi?

— Julie Prévost. Et voici Kita. Je vis au bout du chemin Salomon, ajoute Julie.

— Oh, tu veux dire l'ancienne propriété des Hétu, dit Pénélope. As-tu vu le fantôme? demande-t-elle en baissant la voix.

Un frisson traverse Julie, comme si un froid glacial régnait tout à coup.

— Non, répond-elle d'une voix hésitante. Est-ce qu'il y en a un?

— C'est peut-être seulement une vieille histoire stupide, dit Pénélope en haussant les épaules. Cette année, à l'Halloween, des enfants se sont mis au défi d'aller dans la vieille écurie de rondins. Personne ne vivait dans la maison à ce moment-là, ajoute-t-elle.

— Est-ce qu'ils ont vu quelque chose? demande Julie en espérant qu'elle réponde non.

— Certains garçons ont dit que oui, mais je pense qu'ils essayaient seulement de nous faire peur, répond Pénélope. Et je crois qu'ils se sont fait peur à eux-mêmes. Moi, je n'y suis pas allée. Je ne pensais pas que ce serait vraiment effrayant avec tout un groupe d'enfants à l'intérieur, qui éclaireraient la place avec leurs lampes de poche et feraient toutes sortes de bruits idiots, ajoute-t-elle avec un sourire en coin.

Julie baisse les yeux vers la crinière de Kita pour cacher son sourire. Heureusement que Pénélope ne l'a pas vue il y a deux jours en train de braquer sa lampe de poche sur les murs de l'écurie, de faire des bruits idiots et de se faire peur à elle-même!

— C'est vrai que ça semble idiot, réplique-t-elle.

— Mais il paraît qu'il y a vraiment un fantôme, reprend Pénélope. C'est ce que dit mon oncle Charlie, en tout cas.

— Veux-tu venir chez moi et y jeter un coup d'œil? propose Julie. À l'écurie, je veux dire. Pas au fantôme, ajoute-t-elle en riant.

— Je veux bien, dit Pénélope en souriant. Je vais demander à ma mère. Viens-tu?

— D'accord.

Julie descend de sa monture. Elle attache Kita à la clôture devant la maison de Pénélope. À l'intérieur, la mère de Pénélope les accueille avec un sourire chaleureux.

— Maman, voici Julie. Sa famille vient d'emménager dans la maison des Hétu.

— Ravie de te rencontrer, Julie, dit Mme Martin. J'espère que tu te plais à Belle-Rivière.

— C'est très joli ici, répond Julie, disant la seule chose positive qui lui vient à l'esprit.

— Elle a même son propre cheval, maman! C'est une jument qui s'appelle Kita et elle est attachée dehors, dit Pénélope.

— Eh bien, on dirait que vous avez une chose en commun, toutes les deux, dit Mme Martin. Je n'ai jamais vu une fille plus passionnée des chevaux que Pénélope!

— Maman, est-ce que je peux aller chez Julie? lui demande sa fille.

— D'accord, mais reviens à 3 h, répond Mme Martin. Est-ce que tes parents sont à la maison en ce moment, Julie?

— Non, ils sont partis travailler, dit Julie. Ils vont revenir autour de 5 h.

— J'ai bien hâte de les connaître, dit Mme Martin.

Julie sourit. Elle aime bien Pénélope, et sa mère a l'air gentille. Pénélope lui rappelle même un peu Maria.

Alors qu'elles traversent le salon, deux petits garçons lèvent la tête. Ils sont entourés de petites voitures, de camions, de livres et de cubes.

— Voici mes frères, Samuel et Benoît, dit Pénélope.

— Comme ils sont mignons! s'exclame Julie.

Le plus petit des garçons glousse en pointant Julie du doigt et en émettant une série de sons inintelligibles.

— Ils sont peut-être mignons, mais ce n'est pas toi qui dois vivre avec eux, réplique Pénélope en grimaçant.

Samuel se met debout avec peine pour suivre son frère, qui vient se planter timidement devant Julie.

— Quelles belles autos! dit Julie en admirant les voitures que Benoît lui montre.

Celui-ci sourit, puis fait demi-tour et se précipite en poussant des cris de joie vers la pile de jouets pour aller en chercher d'autres. Samuel le suit d'un pas chancelant, essayant d'imiter les cris de son frère. Julie et Pénélope éclatent de rire.

— On dirait un chat qui miaule, dit Julie.

— Oui, un chat qui a mal au ventre, ajoute Pénélope, les yeux pétillants. Viens, sinon ils vont nous retenir ici toute la journée. Je veux te montrer ma chambre.

Un énorme chat orange est couché sur le lit de Pénélope. Quand Julie et Pénélope entrent dans la pièce, il se lève lentement, s'étire paresseusement, bâille, puis s'approche gracieusement pour se faire caresser.

— Il s'appelle Sushi, dit Pénélope. Quand j'étais petite, je n'arrêtais pas de demander à mes parents si je pouvais avoir un cheval. Ils ont dit qu'ils m'en achèteraient un quand ils en auraient les moyens. Et en attendant, ils m'ont donné Sushi. C'est mon meilleur ami, dit-elle en prenant le gros chat et en le serrant dans ses bras.

Julie examine la chambre de Pénélope. C'est évident qu'elle aime les chevaux. Les murs sont couverts d'affiches de chevaux, et de petits chevaux de verre et de plastique sont alignés sur les étagères.

— J'adore ta collection de chevaux, dit Julie en touchant le nez d'une statuette représentant un beau cheval arabe noir.

— Merci, dit Pénélope. Lui, c'est Achille. Et voici mon préféré, ajoute-t-elle en prenant un palomino cabré, à la crinière et à la queue flottantes, et en caressant du doigt le fini lisse en céramique. Il s'appelle Soleil. Je l'ai acheté à la foire l'automne dernier.

— Et celui-ci? demande Julie en désignant un petit quarter-horse de couleur baie.

Pénélope passe quinze minutes à expliquer à Julie l'histoire et le nom de chaque figurine.

— Il y en a 39 en tout, conclut-elle fièrement. J'ai acheté la plupart avec mon propre argent. J'ai souvent l'occasion de garder mes deux petits frères.

Pénélope ouvre la porte du placard.

— Regarde, dit-elle en sortant une bride de nylon rouge et les rênes assorties. C'est pour mon cheval, le jour où j'en aurai un.

— Quand l'auras-tu? demande Julie.

— Bientôt, j'espère, répond Pénélope en levant les yeux au ciel. Je n'en peux plus d'attendre!

Une fois dehors, Pénélope prend son vélo.

— La meilleure chose qui va arriver quand j'aurai mon cheval, c'est que Rosie, ma vieille bécane, pourra prendre sa retraite, dit-elle en délogeant un peu de terre de la roue avec son pied.

— En as-tu fait beaucoup? demande Julie.

— Du vélo? Souvent, répond Pénélope. Beaucoup trop, même.

— Non, dit Julie en riant. Je voulais dire du cheval!

— Oh, fait Pénélope. Mon oncle Charlie a un cheval et il me permet de le monter. Il s'appelle Brigand et il est très rapide. Je voudrais le monter plus souvent, mais maman ne veut pas que j'y aille plus d'une fois par semaine. Elle dit que mon oncle est trop occupé. Mais j'ai lu plein de livres sur le sujet.

En route vers la maison de Julie, Pénélope lui parle de l'école et des autres élèves, puisqu'elles vont être dans la même classe. Les jumelles que Julie a vues sont aussi dans leur classe. D'après Pénélope, elles sont très gentilles, même si ce ne sont pas des passionnées des chevaux.

En arrivant au pré de Kita, Pénélope appuie son vélo contre la clôture. Elle monte Kita et fait deux fois le tour du pré au pas, puis lance la jument au trot. Pendant qu'elles font un dernier tour du pâturage, Julie se hâte vers le garage pour y chercher les brosses de Kita.

Quand Pénélope revient près de la clôture, elle a le visage rouge d'excitation.

— Elle est merveilleuse, s'exclame-t-elle avec enthousiasme tout en flattant le cou de Kita.

Elle descend et commence à desserrer la sangle de selle. Tout en bavardant, les deux filles choisissent des brosses dans le seau, puis commencent à brosser la jument fauve et blanche. Une fois leur tâche terminée, Julie conduit Kita à l'abreuvoir.

— Elle est tellement belle, dit Pénélope d'une voix mélancolique. Ses taches sont comme du feu dans la lumière du soleil. J'aimerais tellement avoir un cheval comme elle.

Julie sourit avec fierté :

— Ne t'en fais pas. Tu en auras un, toi aussi. Et nous pourrons nous promener ensemble à cheval.

— En attendant, je peux toujours t'accompagner avec Rosie, dit Pénélope en tapotant son vieux vélo à travers la clôture. Bonne bécane, murmure-t-elle à sa bicyclette. Attends-moi là.

Julie éclate de rire.

— Ta Rosie a l'air pas mal fiable, dit-elle.

Elle aime la façon dont Pénélope blague, tournant à la légère même les choses qui contrarieraient d'autres enfants, comme devoir se contenter d'un vieux vélo déglingué quand on voudrait avoir un cheval.

— Oui, rétorque Pénélope. Elle ne rue pas, ne mord pas et ne s'enfuit pas! Hé, si on allait voir l'écurie, maintenant? demande-t-elle en souriant.

— Quelle sorte de fantôme est-il censé y avoir? demande Julie. Est-ce qu'il y a une histoire à son sujet?

— Oh oui! dit Pénélope pendant que Julie détache la longe de Kita et la laisse libre. Le vieux M. Hétu habitait ici il y a longtemps, et l'histoire remonte à cette époque. L'un de ses chevaux est mort dans cette écurie. Je ne sais pas de quoi il est mort, mais on raconte que son fantôme hante l'écurie. C'est tout, conclut-elle en haussant les épaules. Je me suis toujours demandé si l'écurie était vraiment hantée ou si c'était juste une histoire idiote.

— C'est probablement juste une histoire idiote, dit Julie. *Du moins, je l'espère,* pense-t-elle.

En s'approchant de l'écurie, elle remarque que la porte ressemble à une bouche édentée béante qui les attend pour les avaler.

— Où est M. Hétu, maintenant? demande-t-elle à Pénélope pour faire diversion.

— Il vit à mi-chemin entre ta maison et la mienne. Il est plutôt ermite et ne sort jamais. Oncle Charlie m'a dit qu'il n'avait pas vécu longtemps dans cette maison après la mort de son cheval. Et l'histoire de fantôme a commencé après son départ. Ensuite, personne n'a vécu ici pendant long-temps, jusqu'à ce que Mlle William achète la propriété. Elle a fait démolir la vieille maison et en a fait construire une nouvelle. Elle a embauché des gens de la ville pour aménager les jardins. Elle ne vivait ici que durant l'été. Je pense qu'elle était très riche.

Elles s'arrêtent sur le pas de la porte et jettent un regard prudent dans la bâtisse sombre.

— Je me demande pourquoi elle n'a pas démoli cette vieille écurie? se demande Julie tout haut.

— Ça donne la chair de poule, hein? dit Pénélope d'une petite voix. Il n'y a pas de fenêtres, ni rien d'autre.

— Je sais. C'est bizarre, hein? chuchote Julie.

Pénélope sursaute en sentant quelque chose de chaud lui effleurer l'épaule. Elle se retourne vivement. Kita, debout à ses côtés, la regarde d'un air curieux.

— Kita, tu m'as fait peur! s'écrie Pénélope.

Kita les écarte doucement et entre dans l'écurie. Les deux filles la suivent lentement, faisant une pause près de la porte pour laisser le temps à leurs yeux de s'adapter.

— Oh! Qu'est-ce qu'il y a là-bas, dans le coin? murmure Pénélope.

— C'est un gros rocher, répond Julie. Je l'ai nettoyé hier matin. Il y avait plein de toiles d'araignée derrière.

Mais il n'y avait pas de toiles d'araignée sur le rocher lui-même, se rappelle-t-elle soudain. *Comme c'est étrange.*

— Je me demande pourquoi il est là, dit Pénélope.

— Aucune idée, répond Julie en haussant les épaules.

— Il produit une ombre gigantesque, dit Pénélope en s'approchant de la pierre tordue pour mieux voir.

Immédiatement, Kita se place devant elle, lui bloquant le passage, les oreilles remuant nerveusement d'avant en arrière.

— Qu'est-ce qu'elle a? demande Pénélope en reculant d'un pas.

— Je ne sais pas. C'est la première fois qu'elle agit comme ça.

Julie attrape le licou de Kita et essaie de l'écarter du

chemin. Kita baisse la tête et pousse Julie doucement, mais fermement, vers la porte. Puis elle hennit bruyamment, produisant un son discordant dans le calme de l'écurie, et jette un regard méfiant en direction du coin sombre.

— On dirait qu'elle veut nous éloigner du rocher, dit Julie à voix basse. Peut-être qu'on ferait mieux de partir.

— Et si c'était le fantôme? chuchote Pénélope.

À ce moment précis, un son s'élève près de la roche. Un bruit retentissant qui fait trembler le sol sous leurs pieds.

Aussitôt, Kita dresse les oreilles et s'éloigne de l'énorme rocher. Le bruit résonne de nouveau dans le silence, et Julie retient son souffle en voyant une forme noire surgir de l'ombre et heurter la base du rocher. Des étincelles jaillissent dans les airs.

Pénélope se met à crier et s'enfuit en courant.

Julie se dirige vers la porte aussi vite qu'elle le peut, mais elle a l'impression de bouger lentement, beaucoup trop lentement. Elle entend le hennissement strident de Kita derrière elle, puis les ténèbres sont transpercées par un cri sauvage et surnaturel.

La rage et la haine exprimées par cette terrible plainte submergent Julie comme une horrible vague. Elles la cernent, la suffoquent, emplissent ses poumons. Elles s'accrochent à ses membres, telles des griffes glaciales qui tentent de la retenir. Julie avance vers la porte au ralenti, à la suite de Pénélope.

Derrière elles, l'insoutenable cri s'élève toujours, interminable.

Chapitre six

Pénélope et Julie sortent précipitamment de l'écurie et courent vers la maison. Elles sautent par-dessus la clôture et continuent de courir. Elles ne s'arrêtent qu'une fois arrivées à la porte. Elles se retournent alors pour regarder derrière elles.

— Kita est toujours à l'intérieur, dit Julie, la gorge serrée et le regard affolé.

Elle repart en courant vers l'écurie.

— Attends! crie Pénélope. Appelle-la! N'y retourne pas!

Julie s'arrête à la clôture et appelle la jument d'une voix mal assurée. Aussitôt, Kita apparaît à la porte de l'écurie. Elle trotte jusqu'à la clôture, souffle doucement sur les mains tremblantes de Julie, puis s'éloigne calmement pour aller brouter.

— Elle se comporte comme si rien ne s'était passé, dit Pénélope en rejoignant Julie.

Les deux filles se dévisagent, ne sachant que penser de l'attitude désinvolte de Kita.

— Mais qu'est-ce que c'était? demande Julie à voix basse.

— Quelque chose d'épouvantable, répond Pénélope en regardant du côté de l'écurie, comme si elle craignait que quelqu'un les entende. Au moins, il n'est pas sorti.

— Allons dans ma chambre, propose Julie.

Elles se dirigent vers la maison. Julie appelle d'abord sa mère pour lui dire qu'elle est rentrée, puis les deux filles montent à l'étage. La jolie chambre claire semble aux antipodes du cri fantomatique, mais Julie frissonne malgré tout.

— C'était épouvantable, répète Pénélope en s'assoyant sur le lit. Je n'ai jamais entendu un cri aussi plein de... de haine. C'était comme si je pouvais sentir son contact sur ma peau.

— Moi aussi, dit Julie. Et on aurait dit que toute l'écurie tremblait. Comme si le cri la secouait.

Elle prend place sur la banquette, mais après un coup d'œil rapide en direction de l'écurie, elle se ravise et va s'asseoir à côté de Pénélope, sur le lit.

— Je croyais que les fantômes poussaient des petits gémissements, dit Pénélope.

— Peut-être que la haine lui donne plus de force...

— Mais pourquoi nous détesterait-il? demande Pénélope. On n'a jamais rien fait pour le blesser.

— Je ne sais pas, dit Julie. Mais Kita savait qu'il nous détestait. C'est pour cette raison qu'elle s'est mise devant nous, pour nous protéger.

— Oui, je pense que tu as raison. Je me demande ce qui serait arrivé si elle n'avait pas été là, dit Pénélope d'une petite voix.

— Peut-être qu'il nous aurait fait du mal, répond Julie. Tu as vu, il a frappé le rocher. Alors, il aurait pu nous frapper aussi...

— ...au lieu de passer à travers nos corps comme sont censés le faire les fantômes, poursuit Pénélope à sa place.

Elle s'interrompt un instant, puis reprend avec un petit sourire :

50

— Il aurait besoin d'un mode d'emploi sur le comportement des fantômes. Il devrait y avoir une école de fantômes, tu ne penses pas?

Julie éclate de rire. Ça fait du bien de blaguer au sujet du fantôme.

— On devrait se plaindre. Peut-être que leur numéro de téléphone est dans l'annuaire.

— Ils pourraient punir notre fantôme en le gardant en retenue, dit Pénélope en gloussant.

— Oui, acquiesce Julie. Ils l'obligeraient à écrire mille fois : « UN VRAI FANTÔME NE CRIE PAS ET N'ATTAQUE PAS ». Ça l'occuperait pendant un bout de temps.

Elle reprend rapidement son sérieux.

— Penses-tu qu'on devrait parler à quelqu'un de ce qui s'est passé? demande-t-elle.

— Personne ne nous croirait! rétorque Pénélope en haussant les sourcils.

— En fait, j'ai du mal à y croire moi-même, alors pourquoi les autres nous croiraient-ils? dit Pénélope.

— Papa et maman penseraient que j'ai inventé tout ça parce que je ne voulais pas déménager, dit Julie.

Elle enlève distraitement un fil de la patte de son ours en peluche.

Le silence s'installe dans la pièce. Julie et Pénélope sont perdues dans leurs pensées. Le cri surnaturel ne cesse de retentir dans la tête de Julie, mais cette fois, elle n'essaie pas de le chasser de son esprit. Il était rempli de haine et de malveillance. De méchanceté. *Et d'autre chose,* pense Julie. N'y avait-il pas de la douleur dans ce cri? Et peut-être même de la peur? Une bête sauvage prise au piège déteste et craint à la fois la personne qui l'a enfermée. Julie sent qu'un élan de sympathie prend naissance dans son cœur. Il y avait du tourment dans ce cri sauvage plein d'amertume, elle en est certaine. Et elle ne doute pas une seconde que cette créature, quelle qu'elle soit, leur aurait fait du mal si Kita n'avait pas été là.

Mais Kita était là. *En fait,* pense Julie, *c'est curieux que Kita passe autant de temps dans cette vieille écurie sombre et étouffante.*

— Pénélope! s'exclame soudain Julie. Je crois que Kita est l'amie du fantôme!

— Quoi? dit Pénélope, stupéfaite.

— Kita a passé beaucoup de temps dans cette écurie, et elle a toujours détesté les écuries! Viens, je vais te montrer. Je te parie qu'elle est là-dedans en ce moment.

Elles s'approchent de la fenêtre et regardent dehors. Kita n'est pas dans le pré.

— Tu vois? Elle doit être dans l'écurie, dit Julie d'un ton animé. Et le fantôme doit l'aimer, sinon il l'attaquerait!

— Mais comment peut-elle aimer le fantôme?

— Peut-être que nous ne connaissons pas toute l'histoire, dit Julie en se rappelant toute la douleur et la frustration que le cri semblait évoquer.

— On devrait aller voir M. Hétu, propose Pénélope. Il paraît qu'il est plutôt méchant, lui aussi. Mais je ne peux pas maintenant, ajoute-t-elle en regardant sa montre. Il faut que je rentre garder mes frères à 3 h.

— Peux-tu revenir demain? demande Julie.

— Tu devrais venir chez moi à la place, propose Pénélope.

— D'accord, dit Julie avec un sourire, tout en se dirigeant vers l'escalier avec sa nouvelle amie. Je monterai Kita pour y aller.

— Mais n'amène pas son ami le fantôme! dit Pénélope en souriant.

Une fois dehors, elles se disent au revoir. En s'éloignant sur sa bicyclette, Pénélope lance par-dessus son épaule :

— Je suis contente que tu sois venue vivre ici, Julie. C'était ennuyant avant!

— Merci! À demain! crie Julie en agitant la main.

Elle fait demi-tour et marche lentement vers la maison.

Il reste encore quelques boîtes à déballer dans sa chambre, mais Julie n'arrive pas à se concentrer. Elle s'assoit près de la fenêtre et regarde le pâturage désert en attendant que ses parents reviennent.

Ce soir-là, elle tourne longtemps dans son lit sans parvenir à s'endormir.

Le lendemain matin, lorsque son père lui demande si tout va bien, Julie répond que oui et fredonne tout en lavant la vaisselle, pour que ses parents ne se doutent de rien. Quand ils partent travailler, elle sort seller Kita pour aller chez Pénélope.

La journée est belle. Julie contourne la maison, la bride à la main. Elle ne voit Kita nulle part. Elle s'approche de la bouche béante de l'écurie, dépose la bride près de la porte et regarde à l'intérieur.

Rien ne bouge. Elle aperçoit Kita qui somnole près du mur, les yeux fermés. Julie s'apprête à l'appeler quand elle s'aperçoit que le licou est encore par terre, près de la porte, cette fois.

Je peux l'atteindre en deux enjambées, se dit Julie. *Cela ne me prendrait qu'une ou deux secondes.* Pendant un instant, elle se demande si c'est un appât, comme du fromage dans une trappe à souris, mais elle rejette aussitôt cette pensée. Aucun fantôme ne serait assez intelligent et astucieux pour lui tendre un tel piège. Elle jette un autre coup d'œil à Kita.

La jument dort toujours. *Kita ne serait pas aussi détendue si quelque chose clochait,* se dit Julie.

Rassemblant tout son courage, elle entre dans l'écurie, ramasse le licou poussiéreux et attend.

Rien ne se produit.

Elle regarde en direction de l'ombre lugubre du rocher, scrutant l'obscurité des yeux.

Puis elle voit quelque chose bouger.

L'ombre gigantesque a une forme familière. Elle est noire et hirsute, et lui tourne le dos. C'est un cheval!

Le fantôme paraît sentir la présence de Julie, au moment même où elle parvient à le distinguer clairement. Il se retourne prestement et silencieusement pour lui faire face. Julie a le souffle coupé en apercevant deux lueurs bleu clair qui luisent dans la face marquée d'une étoile blanche. Elle est saisie de frayeur devant ce regard d'un bleu glacial. Un sabot bleu nuit surgit et – *boum!* – ébranle le sol. Des étincelles jaillissent lorsqu'un autre sabot heurte le rocher en frappant un second coup.

Julie est paralysée par la peur. Les yeux bleus l'hypnotisent. Elle peut sentir la haine et la rage qui se dégagent de la bête noire féroce et qui la frôlent, telles des créatures vivantes, chuchotant des paroles insensées et incompréhensibles à son oreille. Pendant un moment qui lui semble s'éterniser, elle observe, horrifiée, la poitrine du cheval de cauchemar qui se met à bouillonner, puis se solidifie de nouveau.

Tout à coup, le cheval noir pousse un cri – un cri sauvage et effrayant qui résonne dans la minuscule écurie. Même le sol de terre battue semble vibrer sous l'incroyable puissance de cette horrible plainte. Le cri s'évanouit, puis le fantôme ferme à demi ses yeux flamboyants, projette sa vilaine tête noire en avant et fonce sur Julie.

Au même moment, une ombre s'élance. En un instant, Kita s'interpose entre Julie et le fantôme. Le cheval noir s'arrête sur sa lancée et se cabre. Un autre cri enragé transperce l'air. Les sabots s'élancent, vifs comme l'éclair, en direction de Julie. Kita tressaille quand l'un d'eux lui heurte l'épaule.

Julie a l'impression de se mouvoir au ralenti quand elle se retourne et tente d'atteindre la porte. On dirait qu'elle met des heures à franchir les quelques pas qui la séparent du pré baigné de soleil. À chaque bruit sourd provoqué par les sabots qui martèlent le sol derrière elle, le sol semble s'incliner davantage. Tout ce que Julie a en tête, c'est ce regard glacial obsédant qui la transperce, imprimant son stigmate dans son cerveau. Elle n'a jamais vu une pareille haine, et elle sait qu'elle ne pourra jamais l'effacer de son esprit. Lentement, péniblement, elle se laisse tomber sur le gazon à l'extérieur de l'écurie, et demeure là, immobile.

Je ne peux pas y croire. C'est impossible, pense-t-elle, le cerveau encore embrouillé par la panique. *Je rêve. Il faut que ce soit un rêve.* Elle sent quelque chose de chaud lui toucher le dos et entend Kita qui hennit doucement, inquiète. Tremblant de façon incontrôlable, Julie se lève et enlace le cou de sa jument.

— Oh, Kita! dit-elle en sanglotant.

C'est tout ce qu'elle parvient à dire pour exprimer son immense reconnaissance à sa belle jument. Elle sent quelque chose de chaud et humide sur son chandail et s'écarte pour mieux voir. Elle aperçoit une entaille, longue d'environ 8 cm, sur l'épaule de Kita. Du sang coule le long de la jambe de la jument.

Tentant d'oublier sa propre frayeur, Julie réagit aussitôt.

Elle prend le licou, qu'elle serre toujours dans sa main, et, après être allée chercher une longe et des chiffons de flanelle dans le garage, elle attache Kita à l'extérieur du pré et nettoie sa plaie. Elle est soulagée de voir que la blessure n'est pas profonde et qu'elle ne laissera pas de cicatrice. *Le fantôme a dû refréner son élan en voyant qu'il allait la frapper,* se dit-elle en étalant soigneusement de l'onguent antibiotique sur la plaie.

Tremblant encore de tous ses membres, elle donne de l'avoine à Kita, puis la panse avec soin, davantage pour se calmer elle-même que pour apaiser la jument. L'odeur réconfortante de Kita, le gazouillis des oiseaux dans les peupliers géants et le calme paisible de cette chaude matinée finissent par la rasséréner. Elle parle à Kita d'une voix de plus en plus calme, tout en caressant son flanc lisse d'une main plus assurée.

Je ne vais pas la monter aujourd'hui, décide Julie. *Elle peut prendre une journée de congé. Elle en a assez fait pour aujourd'hui. Pour toute sa vie!* se dit-elle en conduisant Kita dans le pâturage. *Je peux aller chez Pénélope à bicyclette.*

Cette fois, elle enlève le licou avant de libérer la jument.

Puis elle s'approche de l'écurie. Les gonds grincent quand elle referme la porte, mais cette fois, le bruit ne la dérange pas. Elle met la barre, puis fait rouler la grosse roche devant la porte pour faire bonne mesure.

Il est temps d'aller rendre visite à M. Hétu.

Chapitre sept

— Comme ça, vous voulez des détails sur le fantôme? grogne M. Hétu avant de se mettre à glousser.

Julie n'aime pas ce gloussement. Elle n'a pas l'impression que M. Hétu pense à quelque chose de drôle. Pénélope, qui est assise auprès d'elle sur le sofa, remue, mal à l'aise.

— Et pourquoi veux-tu savoir ça, ma fille? demande l'homme d'une voix rude.

— Eh bien, balbutie Julie, la bouche sèche, c'est que je... je l'ai vu.

— Si tu l'as vue, dis-moi de quoi elle a l'air, dit-il en la regardant d'un air méfiant.

— Elle est noire. Et grosse. Et même...

Julie s'interrompt un instant, puis reprend d'une voix plus forte :

— Et même plutôt belle, d'une certaine façon, tout en étant horrible.

— Et ses yeux?

— D'un bleu glacial. Et remplis de haine, dit Julie, qui sent son corps trembler en se remémorant les yeux du fantôme.

Le vieil homme glousse de nouveau, comme s'il appréciait cette dernière information.

— Je suppose que tu l'as vraiment vue, alors, dit-il. C'est toute une diablesse!

Le tic-tac obsédant de l'horloge sur le manteau poussiéreux de la cheminée semble encore plus sonore dans le silence qui suit. Julie peut distinguer les gouttes de sueur sur le front de M. Hétu, assis dans son fauteuil roulant, les yeux tournés vers la fenêtre. Un rayon de soleil s'infiltre par la vitre sale et tombe sur ses mains noueuses. Des particules de poussière flottent dans le rayon lumineux.

Ces grains de poussière sont les seules choses qui bougent, ici, pense Julie. *On dirait que ce sont les seules choses qui aient bougé depuis des années.* Elle examine la pièce. Les autres fenêtres sont couvertes par de lourdes tentures qui bloquent toute la lumière. Pénélope étouffe un éternuement, et ce bruit semble sortir M. Hétu de sa rêverie. Il tourne son regard perçant vers les deux filles.

— Ça s'est passé il y a longtemps, commence-t-il d'une voix rauque en se remémorant les années de sa jeunesse. J'avais l'intention d'attraper des chevaux sauvages et de les dompter avant de les vendre, alors j'ai bâti cette vieille écurie. Je l'ai faite bien solide, et j'ai aussi construit des corrals.

Il s'interrompt un instant, puis poursuit de sa voix râpeuse :

— Ces corrals sont disparus, maintenant. La bonne femme William les a fait détruire. Elle aurait démoli l'écurie aussi, si je ne lui avais pas montré ce qu'il y avait dedans... dit-il en ricanant. Elle a eu peur que cette furie n'envahisse sa belle maison neuve, alors elle a laissé l'écurie en paix.

Le silence, interrompu seulement par le tic-tac de l'horloge, s'installe de nouveau dans la pièce. M. Hétu se tourne vers la fenêtre.

— Qu'est-ce qui est arrivé après, quand vous avez terminé les corrals et l'écurie? Avez-vous trouvé des chevaux sauvages? demande Julie, d'une voix calme.

M. Hétu lui lance un regard furieux, puis détourne les yeux.

— Je suis parti à cheval, pour chercher un groupe de chevaux sauvages qui feraient mon affaire. Et je les ai trouvés. Ils étaient menés par un jeune étalon. Il n'était pas mal, mais celle qui m'a conquis était cette jeune pouliche. Noire comme du charbon, et grosse pour un cheval sauvage. J'ai bâti un corral bien solide dans un canyon et je les ai attirés là sans problème. Voyez-vous, l'étalon était jeune, il avait peut-être cinq ou six ans. Il ne savait pas grand-chose. Il a conduit sa bande directement dans le piège. C'est là que j'ai pu l'observer de près. Elle était superbe, vive comme un félin. Et ces yeux... ces yeux d'un bleu glacial...

Sa voix s'évanouit momentanément, puis il reprend, plus doucement :

— On pouvait voir son âme dans ses yeux. Elle était fière. Un animal unique. Elle était tout ce dont j'avais rêvé, mais elle n'était pas un rêve. Elle était réelle. J'ai alors su que je ne pourrais jamais la laisser partir. Que je ne la vendrais jamais. Elle était à moi. Rien qu'à moi.

Sa voix redevenue amère, il poursuit :

— Mais elle ne voulait pas se tenir tranquille. Toutes les deux minutes, elle se jetait sur la clôture du corral. Je me disais que la clôture était assez solide pour la retenir. Elle était hors d'haleine, et son cou était couvert d'écume blanche, mais elle ne voulait pas s'avouer vaincue. Je me suis dit qu'elle allait se tuer si elle continuait. Alors, j'ai sauté par-dessus la clôture pour l'éloigner. Elle frappait toujours le même endroit, voyez-vous. Elle était intelligente. Elle a foncé, et je l'ai frappée à la figure avec ma corde. Ça l'a étourdie. Elle a reculé un instant et m'a regardé. C'est là que j'ai vu la haine dans ses yeux.

Le vieil homme s'interrompt et frissonne. Julie sent un frisson de frayeur la traverser à son tour en se rappelant le regard haineux de la jument noire, au moment où elle l'a attaquée.

— Elle a encore foncé sur la clôture, et je l'ai frappée de nouveau, continue la voix rauque. Cette fois, la corde lui a tailladé la figure et elle a secoué la tête pour enlever le sang qui lui coulait dans les yeux. La troisième fois qu'elle a frappé la clôture, j'ai entendu une traverse craquer. Ça a fait un gros bruit, comme un coup de fusil.

« Elle a continué à percuter la clôture. J'ai essayé de l'attraper au lasso une ou deux fois, mais elle voyait toujours la corde arriver et elle réussissait à l'éviter en baissant la tête. Finalement, j'ai compris que je ne pouvais rien faire pour l'arrêter, et je me suis enlevé de là. Quand elle a fini par défoncer la clôture, elle est restée là en chancelant pendant une ou deux secondes, en me regardant bien comme il faut, comme si elle voulait graver mon image dans sa mémoire. Puis, après un mouvement brusque de la tête, elle est partie. Évidemment, l'étalon et le reste de la bande l'ont suivie.

« Je ne l'ai pas revue pendant à peu près un mois, mais je savais qu'elle allait revenir. J'avais un plan. J'avais décidé de la traquer. Voyez-vous, les chevaux sauvages ont un territoire, et ils n'aiment pas en sortir. Je les ai retrouvés et je les ai observés pendant une longue période, pour connaître leurs habitudes et les endroits qu'ils fréquentaient. Puis j'ai demandé à des amis de m'aider. Je leur ai dit qu'ils pourraient avoir les autres chevaux. Moi, tout ce que je voulais, c'était elle.

60

« On a placé des chevaux de selle le long des sentiers où on pensait que les chevaux sauvages passeraient, et on s'est lancés à leur poursuite. On ne les a jamais laissés se reposer. Quand nos montures étaient fatiguées, on les changeait pour les chevaux attachés dans les sentiers en cours de route. Ça s'est poursuivi pendant des jours, mais on a fini par l'avoir. La puissance de cette bête était incroyable. J'ai complètement essoufflé un bon cheval de selle en essayant de l'attraper, mais elle en valait la peine.

« On l'a prise au lasso et on l'a tirée jusqu'à l'écurie. Elle s'est débattue tout le long du chemin, mais elle avait perdu des forces. On a tout de même eu du mal à la faire entrer à l'intérieur. Elle ne voulait vraiment pas y entrer, mais c'était le seul endroit assez solide pour la retenir.

« Elle a frappé les murs de ses sabots jour et nuit. Je ne pouvais pas entrer la voir, alors j'ai décidé qu'elle se passerait de nourriture et d'eau jusqu'à ce qu'elle se soit calmée. Après un bout de temps, elle était trop faible pour se débattre, alors je suis entré dans l'écurie.

« Je l'ai sellée et je l'ai montée. Elle s'est bien comportée, alors je lui ai donné un peu d'eau et de nourriture en partant. Je l'ai montée le lendemain, et le surlendemain. Chaque jour, elle me laissait la monter, même si elle avait repris des forces. J'étais satisfait. Elle était facile à monter et apprenait vite. À l'exception de son regard plein de haine, on n'aurait jamais pu deviner qu'elle détestait ça à ce point-là.

« Je la montais depuis environ une semaine, quand un matin, alors que j'entrais dans l'écurie avec le foin, elle s'est mise à hennir. Ça m'a dérouté, et j'ai été pris au dépourvu. Je lui ai tourné le dos pour déposer le foin, et elle m'a attaqué. Ses sabots m'ont fait voler dans les airs. J'ai eu de la chance de tomber près de la porte. J'avais à peine réussi à sortir et à mettre la barre quand elle a foncé sur la porte. Puis elle est devenue complètement folle. Elle s'est mise à frapper les murs en criant comme une furie! Mais je ne pouvais pas la laisser partir. Pas elle! »

Le vieil homme baisse la tête. Dans le silence qui s'ensuit, Julie pense aux murs entaillés de l'écurie. Elle comprend maintenant que ce sont des sabots qui les ont mis dans cet état.

M. Hétu reprend de sa voix râpeuse :

— Ça a continué. Pendant des jours. Chaque fois que j'approchais de l'écurie, je pouvais l'entendre. Quand elle a fini par se calmer, je suis entré, je l'ai attachée et je l'ai couchée. Je lui ai mis des entraves, ainsi qu'un licou et une longe, en espérant qu'ils gêneraient ses mouvements et l'empêcheraient de se débattre. Je lui ai donné du foin et de l'eau, mais elle a refusé d'y toucher. C'était comme si elle voulait se laisser mourir.

M. Hétu regarde Julie dans les yeux :

— Je me rappelle la dernière fois où je l'ai vue vivante. Je vois encore son regard haineux. Elle était là, debout, efflanquée, affaiblie et chancelante, entravée et ligotée – mais son regard était plein de vie. Indomptable. C'est ça qui l'a tuée! Pas moi! Je ne comprends toujours pas. C'est un vrai mystère pour moi. Pourquoi n'a-t-elle pas cédé? Je l'aurais bien traitée.

Le vieil homme s'arrête un instant pour reprendre haleine.

Les deux filles restent assises, immobiles, trop consternées pour bouger. M. Hétu se tourne de nouveau vers la fenêtre. Julie remarque alors pour la première fois que celle-ci est orientée dans la direction de sa propre maison. *Est-ce que c'est pour cette raison que M. Hétu s'assoit là?* se demande-t-elle. *Est-ce qu'il regarde toujours en direction de l'écurie, même s'il ne peut pas la voir d'ici?*

M. Hétu continue d'un ton bourru :

— Plus tard, quand j'ai ouvert la porte de l'écurie, elle était morte. Je l'ai enterrée dans un coin et j'ai mis un rocher par-dessus. Je ne voulais pas qu'elle quitte cette écurie, dit-il d'un ton amer. Elle était à moi. Si je ne pouvais pas l'avoir, personne d'autre ne l'aurait.

« Il m'a fallu longtemps avant de réutiliser cette écurie. Je voulais dresser un jeune poulain, et les corrals étaient pleins. Alors, je l'ai emmené dans l'écurie la première fois où je l'ai monté. Il se comportait bien, tournant et s'arrêtant à ma demande, quand j'ai vu la jument noire près du rocher. Je l'ai aperçue juste avant qu'elle n'attaque. Le poulain que je montais s'est cabré et est tombé à la renverse. Il s'est écroulé sur moi. Je n'ai plus jamais marché, ni monté à cheval, dit-il en montrant ses jambes rabougries.

« La dernière chose dont je me souviens, c'est cette diablesse qui se cabrait au-dessus de moi, prête à me défoncer le crâne. J'ai essayé de bouger, mais je me suis évanoui. Elle a dû s'écarter à la dernière seconde. Elle voulait que je vive dans cet état. C'était sa revanche. Je lui avais pris sa liberté, et elle a pris la mienne », conclut-il d'une voix si basse que Julie doit tendre l'oreille pour saisir ses paroles.

Julie ne sait pas quoi dire. Son esprit est envahi par les images atroces du cheval noir sauvage, enfermé dans la noirceur, mourant de faim et de soif, dépérissant à petit feu en captivité. Elle imagine M. Hétu jeune homme, tombant amoureux – un sentiment qui se transformerait en haine – de ce cheval qui refusait d'appartenir à quiconque. *Il a payé pour ce qu'il a fait,* se dit-elle en regardant l'homme ratatiné et amer qui se trouve devant elle.

M. Hétu les toise d'un regard impitoyable. Il leur dit d'un ton tranchant :

— Elle méritait ce qui lui est arrivé. Vous n'avez pas le droit de me juger.

Julie se lève pour partir. Elle hésite, ne sachant quoi dire.

M. Hétu lance d'un ton hargneux :

— Sortez!

Julie et Pénélope courent pratiquement jusqu'à la porte de la pièce étouffante.

— Attendez! lance M. Hétu de sa voix râpeuse, au moment où Pénélope saisit la poignée de la porte.

Elles se retournent à contrecœur.

— Savez-vous quel nom je lui ai donné? dit le vieil homme en gloussant.

— Lequel? chuchote Julie avec crainte.

— Je l'ai appelée Mystère, dit-il d'un ton sarcastique, parce que son comportement était un vrai mystère pour moi. Je ne comprenais pas pourquoi elle résistait autant.

Puis il se met à ricaner. Son rire cruel et impitoyable résonne dans l'air confiné de la pièce. Julie regarde une dernière fois le vieux visage ridé. Pendant un instant, leurs regards se croisent et Julie éprouve tout à la fois de la pitié et de l'horreur. Puis elle pousse Pénélope et elles sortent en trébuchant.

Je l'ai appelée Mystère, je l'ai appelée Mystère... Les mots forment une ronde incessante dans la tête de Julie.

Chapitre huit

Une fois dans la rue, Julie et Pénélope se regardent, abasourdies.

— Tu as entendu ça? chuchote Pénélope en frissonnant malgré la chaleur.

— C'est épouvantable! Pas étonnant que le fantôme de la jument ait essayé de nous attaquer! Si elle croit que tous les humains sont comme lui, je comprends pourquoi elle nous déteste!

— Moi aussi, dit Pénélope.

— On devrait retourner à l'écurie, dit Julie.

— Je suppose que tu as raison, dit Pénélope en la regardant d'un air hésitant. Tu n'as pas peur?

— Oui, dit Julie. Mais Mystère me fait pitié, aussi.

Elle s'interrompt. Ce nom va bien à la jument : elle est baignée d'une aura mystérieuse, elle est noire comme les ténèbres, et le mystère plane depuis si longtemps sur l'écurie hantée...

— Trouves-tu que c'est bizarre d'avoir pitié d'elle? reprend-elle.

— Non, répond Pénélope. Elle n'aurait pas dû être capturée, enfermée et affamée. C'est terrible que son fantôme soit toujours là, incapable de s'échapper. Tout ce qu'elle voulait, c'était courir en toute liberté, ajoute-t-elle, les yeux pleins de tristesse.

— Peut-être qu'on pourrait la libérer? propose Julie.

— Oh oui! Essayons! s'exclame aussitôt Pénélope. Mais, reprend-elle d'une voix hésitante, comment fait-on pour libérer un fantôme?

— Je ne sais pas, dit Julie, mais on peut essayer de le trouver.

Lorsqu'elles arrivent à l'écurie, Kita est près de la porte. Julie examine sa blessure. Les bords de la plaie sont légèrement enflés, mais elle ne saigne plus.

— Regarde-la, Pénélope. On dirait qu'elle attend qu'on la fasse entrer.

— Veux-tu ouvrir la porte et voir ce qu'elle va faire? demande Pénélope.

— Oui, répond Julie.

Elle prend une grande inspiration et fait rouler la roche pour ouvrir la porte. Sans hésiter, Kita pénètre dans l'écurie sombre. Elle émet un doux hennissement comme si elle saluait quelque chose à l'intérieur. Rien ne lui répond.

— Peut-être que Mystère n'est pas là, en ce moment, avance Pénélope.

— Peut-être, dit Julie. Ou peut-être qu'elle ne peut pas répondre quand elle est invisible.

— Ou bien elle essaie de nous piéger, suggère Pénélope.

Elles se penchent prudemment dans l'embrasure et jettent un coup d'œil à l'intérieur. Kita est dans le coin le plus sombre.

— Mystère se cache peut-être encore dans l'ombre, chuchote Pénélope.

— J'aimerais qu'on devienne ses amies, comme Kita.

— Pourquoi? demande Pénélope.

— Parce qu'elle nous laisserait entrer dans l'écurie. Et peut-être qu'elle nous montrerait comment la...

Julie s'interrompt en voyant la masse sombre près de Kita commencer à tourbillonner.

— Regarde! Entre Kita et le rocher! chuchote-t-elle en saisissant le bras de Pénélope.

Elle sent son amie se raidir à ses côtés. Elle sait que le cœur de Pénélope doit battre aussi fort que le sien.

La masse noire se contorsionne et tourbillonne à côté du rocher. Tout comme la dernière fois, quatre longues vrilles s'étirent vers le sol et se transforment en pattes. La forme grossit, puis une lumière intérieure semble en irradier. Des motifs fluorescents se dessinent sur la surface du rocher, tels des esprits démoniaques se chassant et se dévorant les uns les autres.

Une vague de ténèbres surgit du corps du fantôme. Elle se cambre vers l'arrière, atteignant ce qui est en train de se transformer en arrière-train, puis réintègre la masse grouillante. Elle continue à bouillonner pendant un long et terrible moment, puis se projette vers l'avant à la vitesse de l'éclair et prend la forme d'une tête. Deux yeux d'une clarté glaciale balaient l'écurie. Puis la terrible tête se tourne vers les deux filles, debout dans l'embrasure de la porte.

Julie a un mouvement de recul. Elle entend Pénélope qui retient sa respiration pendant qu'elles reculent hors du champ de vision du fantôme.

— C'est dégoûtant! chuchote Pénélope.

Les deux amies se glissent de nouveau jusqu'à la porte et fouillent la pénombre des yeux. Kita est debout devant le fantôme, les muscles tendus, prête à déguerpir à la moindre alerte. Ses oreilles sont couchées sur sa tête, avertissant le fantôme de ne pas avancer.

— Elle n'est pas si dégueulasse que ça, finalement, dit Julie en observant la tête fière de Mystère.

— Elle est seulement très fâchée, remarque Pénélope.

Julie s'humecte les lèvres avant de murmurer, d'une voix faible et mal assurée :

— Mystère!

Elle s'éclaircit la gorge et reprend, d'une voix plus forte :

— Mystère, on veut t'aider.

La jument noire tourne silencieusement sur elle-même et tente d'avancer en bousculant Kita, mais celle-ci se déplace aussitôt pour lui bloquer le passage. Mystère arrête et regarde Julie d'un air farouche.

— On veut t'aider, répète Julie d'une voix plus ferme. Mais on ne sait pas comment faire.

Les yeux de Mystère brillent dans la pénombre.

Julie se tourne vers son amie :

— Je dois entrer dans l'écurie, Pénélope.

— Quoi? Tu n'es pas sérieuse!

— Kita ne la laissera pas me faire de mal. Et en plus, il faut qu'on lui fasse comprendre qu'on n'est pas comme M. Hétu.

— Bon, mais fais attention, d'accord? la supplie Pénélope. Ne t'avance pas trop.

— D'accord, répond Julie.

Elle passe le seuil. Un silence sinistre l'accueille. L'air est frais et calme dans l'écurie, beaucoup plus frais que l'extérieur réchauffé par les rayons du soleil. Kita tourne la tête dans sa direction. Elle a l'air surprise.

— Ça va, ma belle, dit doucement Julie. Je veux seulement lui parler.

Le fantôme s'ébroue, puis fait un pas de côté. Kita lui

bloque de nouveau le chemin. Julie remarque que Mystère s'efforce de ne pas heurter la jument Pinto. *Elle craint peut-être de lui faire encore mal.*

— Mystère, dit-elle d'une voix douce.

La jument noire se tient immobile pendant un instant, fixant Julie des yeux, la tête haute.

— Mystère, je veux t'aider.

Contrariée, Mystère piétine le sol et pousse le flanc de Kita de ses naseaux.

— Je veux t'aider, répète Julie d'une voix ferme. Mais je ne sais pas comment faire.

Elle tend précautionneusement la main vers Kita et Mystère.

— Je ne sais pas quoi faire, répète-t-elle.

Mystère secoue la tête, envoyant voltiger sa crinière ébène autour de ses petites oreilles couchées vers l'arrière. Un sabot dur comme le fer frappe le sol.

— Je veux t'aider, Mystère, dit doucement Julie en avançant avec précaution dans l'écurie.

La jument noire l'observe avec méfiance, mais n'essaie pas de contourner Kita. *Peut-être qu'elle a décidé de ne plus résister,* pense Julie. Encouragée par cette pensée, elle avance d'un autre pas.

En approchant de Mystère, Julie est hypnotisée par son regard bleu fascinant. Elle s'arrête tout près de Kita, et pourtant, Mystère ne bouge toujours pas. Elle est peut-être captivée, elle aussi – par la voix apaisante de Julie, ou par son courage.

Une ambiance magique et intemporelle s'installe. Elles sont envoûtées, prises dans le filet d'un enchantement insidieux. Ensorcelées. Trois statues figées dans le temps.

Julie n'a jamais vu une créature si prodigieuse, si

profondément farouche. Sa gorge se serre et ses yeux s'emplissent de larmes. Elle observe le fantôme de la jument, qui commence à la percevoir autrement que comme un être humain détestable.

Après un moment qui lui paraît une éternité, Julie entend un chuchotement près de la porte :

— Julie? Ça va?

Le sortilège est rompu. Mystère secoue la tête, piétine le sol, puis disparaît.

Julie prend une grande inspiration en tremblant.

— Oui, dit-elle doucement à Pénélope. Tu peux entrer.

Elle franchit les derniers pas qui la séparent de Kita et caresse son cou soyeux. Avec regret, elle sent les derniers vestiges de l'enchantement s'évanouir tout doucement.

Pénélope entre avec précaution.

— Tu étais tout près d'elle! dit-elle.

— Oui, dit Julie en souriant.

— Penses-tu qu'elle a compris ce que tu disais? demande Pénélope.

— Je pense que oui, répond Julie. Je ne crois pas qu'elle va nous attaquer la prochaine fois. Elle sait que je ne lui veux pas de mal. Elle est si belle… ajoute-t-elle d'une voix rêveuse.

— Oui, elle est superbe, convient Pénélope en démêlant la crinière de Kita avec ses doigts, d'un air absent. Mais seulement une fois qu'elle a fini de se matérialiser. J'espère qu'on pourra l'aider. Après, je pourrais l'emmener chez moi et demander à mes parents si je peux la garder!

— Ouais, comme ça, ils n'auraient pas besoin de t'acheter un cheval, dit Julie avec un sourire. Mais il faudrait que tu fasses attention qu'elle ne disparaisse pas pendant que tu la montes!

— Oui, dit Pénélope en riant. M'imagines-tu à des kilomètres de la maison, en train de transporter une selle et une
bride, pendant que Mystère réapparaît subitement dans son
écurie et se met à manger son avoine? Il y aurait de quoi
reprendre ma vieille Rosie!

Elles sortent, suivies de Kita, et se laissent tomber sur le
gazon. Julie s'étend sur le dos et contemple le ciel bleu où
flottent quelques nuages blancs. Pénélope s'assoit en tail-
leur à côté d'elle. Elle cueille un long brin d'herbe et se met
à le plier.

— Comment pourrait-on libérer Mystère? demande-t-elle à
Julie. As-tu une idée?

— Non. J'ai laissé la porte de l'écurie ouverte la plupart
du temps, et elle n'est jamais sortie. Elle ne suit pas Kita
quand elle sort. Et elle ne nous a pas pourchassées à
l'extérieur non plus.

— Ça, c'était plutôt une bonne chose! Mais on peut donc
conclure que Mystère est incapable de sortir de l'écurie, dit
Pénélope. C'est comme une malédiction.

Une voix appelle de la maison :

— Julie! Viens souper!

Julie pousse un grognement.

— Zut! Ça tombe mal. Veux-tu manger avec nous?
demande-t-elle à son amie en se mettant debout. Papa et
maman seraient sûrement d'accord, et on pourrait bavarder
après le souper.

— Il faut que je garde ce soir, dit Pénélope en jetant par
terre le petit éventail qu'elle a fabriqué avec le brin d'herbe.

Pendant qu'elles se dirigent vers la maison, Julie dit avec
un sourire en coin :

— Mes parents penseraient que je suis folle si je leur
parlais de Mystère.

— Mon père me dirait probablement : « C'est très bien, Pénélope » en me tapotant la tête, dit Pénélope en imitant la voix de son père.

— De toute façon, on ne peut pas leur en parler, dit Julie. Ça va être assez difficile comme ça d'amener Mystère à nous faire confiance! Elle aurait sûrement du mal à faire confiance à un adulte, après ce qui lui est arrivé avec M. Hétu. De plus, ils ne voudraient probablement pas être amis avec elle.

— Tu as raison, dit Pénélope. Ils nous diraient sûrement de tout arrêter.

— Peux-tu venir demain? demande Julie d'un ton plein d'espoir. On trouvera peut-être une solution.

— Oui. À demain! dit Pénélope en enfourchant son vélo et en s'engageant dans l'allée.

Elle fait un signe de la main à Julie en tournant sur le chemin Salomon. Julie lui fait signe à son tour, puis pousse un soupir. Comment vont-elles aider Mystère?

Plus tard ce soir-là, Julie a la tête ailleurs pendant qu'elle baigne la plaie de Kita avec de l'eau tiède additionnée de sel d'Epsom, et qu'elle applique une nouvelle couche d'onguent. Elle n'arrive pas à trouver un moyen d'aider le fantôme de la jument.

Une fois ses tâches complétées, elle laisse Kita devant son abreuvoir et marche jusqu'à l'écurie dans le crépuscule.

— Bonne nuit, Mystère, lance-t-elle doucement dans l'embrasure.

Pendant un moment, seul le silence lui répond. Puis elle entend un froissement de paille dans le coin et un hennissement hésitant.

Chapitre neuf

— Bonjour, Maria!

Julie n'a pas parlé à son amie depuis des jours. Elle est contente d'entendre sa voix. Elle veut tout savoir sur les activités de son amie en ce début de vacances. Mais quand Maria lui demande ce qu'elle a fait de son côté, Julie ne peut pas lui parler de Mystère. Ses parents sont dans la pièce voisine et elle a peur qu'ils entendent. Alors, elle lui décrit Pénélope et sa collection de chevaux, le joli sentier dans les bois – et lui répète son désir de rentrer à la maison. Mais tout en prononçant ces paroles, elle se rend compte qu'elle n'en a plus autant envie, maintenant qu'elle a découvert Mystère.

Après sa conversation téléphonique, Julie s'installe devant la télé avec son père pour regarder un vieux film qui parle d'une maison hantée.

— Papa, penses-tu que les fantômes existent? lui demande-t-elle pendant une pause publicitaire.

— Bien sûr, répond-il. En fait, j'en ai même vu un dans la cuisine hier soir.

— Sans blague, papa! Penses-tu qu'il y a vraiment des fantômes? insiste Julie.

— Quoi? Tu penses que je te raconte des blagues? Il

faisait du sucre à la crème! dit son père avec un regard malicieux.

— D'accord, grogne Julie. *Supposons* que tu as vu un fantôme dans la cuisine. Comment as-tu fait pour t'en débarrasser?

— Pourquoi aurais-je voulu m'en débarrasser? J'aime le sucre à la crème.

— Bon, supposons que tu détestes le sucre à la crème et que tu souhaites te débarrasser du fantôme. Comment t'y prendrais-tu? Appellerais-tu un prêtre? Ou dirais-tu une formule magique?

— Non, je n'aurais pas besoin de faire quelque chose d'aussi compliqué. Tu as vu trop de films d'horreur.

Son père augmente de nouveau le son de la télé. Les messages publicitaires sont terminés.

— Mais qu'est-ce que tu ferais, alors? demande Julie.

Elle sait que son père va lui répondre, cette fois, parce qu'il veut regarder le film.

— Je jetterais tous les ingrédients du sucre à la crème à la poubelle, dit-il simplement en lui chatouillant les côtes.

Julie ne peut pas s'empêcher d'éclater de rire, bien qu'elle soit fâchée. Son père est si agaçant, parfois!

Quand Julie se réveille le lendemain, elle voit des gouttes de pluie dégouliner sur la vitre. Le ciel est couvert de gros nuages sombres. Elle se lève d'un bond et va à la fenêtre. *Kita est sûrement dans l'écurie, aujourd'hui,* se dit-elle en observant le pré détrempé. L'herbe mouillée est couchée sous la pluie battante et les branches des arbres recourbées se balancent gauchement au gré des rafales de vent.

Julie regarde le ciel. On dirait qu'il va pleuvoir une bonne partie de la journée. *Pas question de monter Kita aujourd'hui,* décide-t-elle. *C'est trop mouillé.*

Elle se tourne vers la chambre et pousse un soupir. *Je suppose que je pourrais finir de déballer ces boîtes. Et ensuite passer un peu de temps dans l'écurie. Peut-être que je verrai encore Mystère.* Son cœur se serre à l'idée de se retrouver dans la pénombre, face au fantôme noir.

Après avoir téléphoné à Pénélope pour lui demander si elle a toujours l'intention de venir, Julie avale un bol de céréales, puis retourne à sa chambre. En montant l'escalier, elle entend sa mère qui tape sur le clavier de l'ordinateur.

— Comment ça va au journal, maman? demande-t-elle en ouvrant la porte du bureau.

— Oh, très bien, Julie, répond sa mère en s'appuyant contre le dossier de sa chaise et en s'étirant. Il ne nous reste que deux jours avant l'impression de cette édition. Après, j'aurai du temps pour qu'on fasse des choses ensemble. Qu'as-tu prévu pour aujourd'hui? dit-elle en se penchant de nouveau sur le clavier.

— Pénélope s'en vient. En attendant, je pense que je vais finir de ranger dans ma chambre.

— Bonne idée. J'ai hâte de rencontrer ton amie. Allez-vous vous promener à cheval?

— Non, c'est trop mouillé. Tu connais Kita! dit Julie.

— Oui, je sais, dit sa mère en riant. Je n'ai jamais vu un cheval avoir aussi peur des flaques d'eau!

— Elle va probablement passer la journée dans l'écurie, dit Julie.

Mais elle serait restée dans l'écurie de toute façon, pense-t-elle. *Avec Mystère. Mystère, dans toute sa noirceur, avec toute sa colère et son immense tristesse. Est-ce qu'elle va accepter que je sois son amie? Est-ce que je pourrai l'aider?*

La voix de sa mère vient briser le cours de ses pensées.

— Julie? Ça va?

— Oui. Pourquoi?

— Tu avais l'air préoccupée. Et tu n'as pas répondu à ma question.

— Excuse-moi. Qu'est-ce que tu disais?

— Je vais au journal cet après-midi, et je me demandais si Pénélope et toi aimeriez m'accompagner.

— Oh, fait Julie d'un air absent. Oui, ce serait super.

— D'accord, soyez prêtes à 2 h, dit sa mère. D'ici là, je vais être occupée, alors vous devrez vous débrouiller sans moi.

— On va être avec les chevaux la plupart du temps, répond Julie en pensant à Kita et Mystère.

— Ah bon? dit sa mère d'un air interrogateur. Je croyais que Pénélope n'avait pas de cheval.

— Non, elle n'en a pas, balbutie Julie. Je voulais dire avec Kita.

— Bon. Alors, je vais vous appeler quand il sera temps de partir.

— Merci, dit Julie en se dirigeant vers sa chambre.

Elle pousse un soupir de soulagement. Elle a failli vendre la mèche. Comment réagirait Mystère si des adultes s'en mêlaient? Après tout, c'est à cause d'un adulte que la jument en est arrivée à éprouver tant de haine.

Il va falloir que je fasse attention à ce que je dis, pense Julie, tout en déballant des boîtes dans sa chambre. Quelques erreurs de plus, et ses parents risquent de se méfier. Surtout son père. Il est constamment sur ses gardes, et s'attend toujours à ce que Julie lui joue des tours pour lui rendre la monnaie de sa pièce. *Je crois que je vais attendre un peu pour prendre ma revanche,* se dit-elle. *Je vais attendre de voir comment les choses se passent avec Mystère. Ça va me donner du temps pour trouver une bonne façon de lui rendre la pareille.*

Il lui faut environ deux heures pour déballer le reste de ses affaires et les ranger. Puis elle jette les boîtes vides dans le couloir et appelle sa mère :

— Maman! Viens voir ma chambre!

Sa mère arrive dans la pièce.

— Eh bien! dit-elle d'un air admiratif. J'aurais aimé avoir une aussi belle chambre quand j'avais ton âge! J'adore ce que tu as fait avec l'étagère.

Julie a disposé toute sa collection d'animaux en peluche sur les rayons.

— Où sont tes livres?

— J'ai décidé de les laisser en bas. Et regarde! ajoute Julie en montrant le plafond.

Son drapeau de bonhomme sourire est fixé au-dessus du lit.

— Ta chambre a fière allure, la complimente sa mère. Je ne savais pas que tu avais autant d'affiches.

Elle s'assoit sur le lit de Julie et prend l'ourson en peluche.

— Julie, maintenant qu'on a déménagé, comment trouves-tu ça, ici? demande-t-elle d'une voix douce. Est-ce que c'est aussi pire que ce que tu croyais?

— Ce n'est pas si mal, après tout, dit Julie en s'assoyant près de sa mère. La maison est belle, et je suis contente d'avoir rencontré Pénélope. Elle est super! Mais je m'ennuie quand même de Maria, et je ne me sens pas encore chez moi, ici.

— Et le fait que papa et moi soyons si occupés ne doit pas

aider, ajoute sa mère. J'en suis désolée, Julie. Les choses devraient bientôt se tasser au journal, une fois que nous aurons maîtrisé la routine.

— Ce n'est pas grave, maman, dit Julie. Ça ne me dérange pas du tout. D'une certaine façon, c'était une bonne chose, parce que j'ai eu du temps pour réfléchir et essayer de m'adapter.

C'est vrai, pense Julie. *Je ne veux pas avoir à faire semblant que j'aime être ici. C'est difficile de toujours faire semblant d'être heureuse pour que maman et papa ne se sentent pas coupables.*

— Merci, ma chouette, dit sa mère en la serrant dans ses bras. Tu es si compréhensive. Bon, n'oublie pas d'être prête à 2 h.

— D'accord.

Julie transporte les boîtes vides dans le garage et les entasse dans un coin. Elle enfile un imperméable et remplit ses poches de brosses et d'étrilles. Puis elle se dirige vers les bottes de foin dans un coin du garage et en prend une brassée. Elle ne veut pas que Kita mange la paille de sa litière. Elle sait que la jument préférerait se nourrir de cette paille sèche et rêche plutôt que d'aller brouter dehors quand il pleut.

— Kita! lance Julie en approchant de l'écurie.

Elle entend la jument hennir à l'intérieur. Elle approche de la porte et se penche à l'intérieur. Mystère ne semble pas être là. Julie entre dans l'écurie et dépose sa brassée de foin. Elle sort une étrille de sa poche et commence à panser la jument.

— Comme tu es belle, murmure-t-elle doucement en frottant la robe fauve et blanche. Tu n'es même pas sale.

Kita mâchonne son foin en soupirant de contentement.

Elle se presse davantage contre Julie chaque fois que cette dernière touche à un endroit qui la démange particulièrement. Au début, Julie ne cesse de jeter des regards furtifs en direction du rocher, mais le fantôme n'apparaît pas. Après quinze minutes, elle arrête de vérifier.

— Tu es vraiment traitée aux petits soins, ma belle, dit-elle gentiment en s'appuyant sur le flanc de la jument quand elle a fini de l'étriller. Je ne crois pas que Mystère va se montrer aujourd'hui, ajoute-t-elle en regardant le coin sombre près du rocher. Penses-tu qu'elle est aussi nerveuse de me voir que je le suis?

Julie sort un peigne de sa poche et se place derrière Kita. Elle soulève la longue queue et se met à la démêler, commençant à l'extrémité et remontant peu à peu en retirant les brins de paille et en défaisant les nœuds. Bientôt, elle peut faire glisser le peigne d'un bout à l'autre de la queue. Elle continue à la peigner, admirant la douceur soyeuse des longs poils fins, puis se dirige vers la tête de la jument. Comme elle lève la main pour lui flatter la joue, Kita tourne la tête pour regarder dans le coin de l'écurie. Julie suit son regard.

Voilà Mystère! Pas à côté du rocher, mais plus près de la porte, cette fois. Plus près de Julie et de Kita.

Elle regarde dans leur direction, immobile comme une statue. Julie se demande nerveusement depuis quand le fantôme est là à les observer. Mystère ne semble pas vouloir les attaquer. Du moins, elle ne bouge pas. Elle se contente de les regarder. Elle attend.

Julie se déplace sur la gauche de Kita et continue à la panser. Tout en la brossant, elle parle doucement à la jument et observe Mystère par-dessus son dos.

Mystère demeure immobile, mais Julie peut voir qu'elle

est tendue. La faible lueur provenant de la porte éclaire ses muscles contractés, donnant l'impression qu'elle est sculptée dans du marbre noir. Elle tient la tête haute et regarde froidement Julie sans broncher. Julie ne la quitte pas des yeux, même si elle garde ses distances. Elle sait que Mystère pourrait attaquer sans prévenir.

Elle continue à parler à Kita, puis, ne sachant plus quoi dire, elle se met à fredonner doucement une chanson qu'elle a entendue sur une cassette de sa mère. Elle ne connaît pas les paroles, mais la mélodie est douce et apaisante.

Mystère se détend peu à peu. Ses muscles se décontractent et son regard glacial s'adoucit. Elle incline les oreilles en avant pour mieux entendre.

Julie revient de l'autre côté de Kita, se rapprochant ainsi de Mystère. Le fantôme ne bouge toujours pas. Julie place Kita de façon à pouvoir surveiller le fantôme tout en la brossant. Elle observe la tête de Mystère qui s'incline à mesure que la bête s'accoutume à sa présence. Julie continue de chanter et Mystère prend un regard rêveur.

Elle a l'air à des millions de kilomètres de nous, pense Julie. Elle arrête de panser Kita et s'appuie contre son flanc.

— Rêves-tu de courir, Mystère? demande doucement Julie. Penses-tu au vent dans ta crinière et au fracas de tes sabots sur le sol?

Mystère la regarde et s'ébroue.

— Eh oui, je suis toujours là, dit Julie avec un petit rire.

Elle remet la brosse dans sa poche et se dirige vers la porte, en prenant soin de ne pas tourner le dos au fantôme.

La pluie a cessé. On dirait que le soleil va gagner sa bataille contre les nuages et revenir darder ses rayons sur la terre détrempée.

— Le soleil va sortir, Mystère, lance Julie pour dire quelque chose.

Elle empile un peu de paille fraîche et s'assoit dessus. Elle s'adosse contre le mur près de Kita. Sans trop savoir pourquoi, elle n'a plus peur. Elle sait qu'elle ne doit pas faire de mouvements brusques pour ne pas alarmer le fantôme, mais elle est certaine que Mystère ne l'attaquera pas.

Julie regarde le cheval noir à quelques mètres d'elle, observe ses sabots dangereux et sa mâchoire puissante.

Je devrais être terrifiée de me trouver si près d'elle. C'est bizarre, mais je n'ai pas peur. Et Kita n'a pas l'air inquiète pour moi. Julie lève les yeux sur la jument Pinto. Kita est devant son tas de foin, attrapant une brindille ici et là, la tête tournée vers la porte où on aperçoit la faible lumière du soleil qui éclaire l'herbe couchée.

Soudain, la dernière couche de nuages se dissipe et la lumière du soleil entre à flots par la porte de l'écurie. Les oiseaux, qui semblent penser que c'est l'occasion de se réjouir, se mettent à gazouiller à qui mieux mieux. Julie respire avec bonheur le parfum de la terre mouillée et de l'air rempli de vapeur.

Mystère remarque aussi la différence. Vigilante et impatiente, elle regarde avec convoitise la lumière du soleil qui entre par la porte. Ses naseaux se dilatent et ses yeux brillent, tant elle désire être libre. Julie retient son souffle malgré elle. Mystère est si belle, si magnifique!

La tête noire semble être faite de marbre. Mystère est comme le chef-d'œuvre d'un sculpteur : gracieuse, noble, intelligente. Sa longue crinière en cascade cache en partie ses oreilles, mais rien ne peut dissimuler ses yeux, vifs et pétillants, animés par sa soif de liberté et de grands espaces. Julie n'a jamais assisté à pareil spectacle. Elle n'a jamais vu une créature aussi merveilleusement belle. *C'est une vision de rêve,* pense Julie. *Un rêve extraordinaire qui est devenu réalité.*

Elle ressent un amour irrésistible pour la créature fière et tourmentée qui se tient devant elle. Mais elle éprouve aussi un autre sentiment, qu'elle a du mal à s'avouer. Elle tente de réprimer ces pensées, mais elles reviennent en force envahir son esprit, une à une.

Je la veux. Je veux la posséder. Elle est si belle. Je ne suis pas obligée de la libérer. Je pourrais la garder ici pour toujours. Rien ne m'oblige à la laisser partir.

Ces pensées prennent maintenant toute la place et Julie ne peut pas leur résister. *Si je fais semblant que je veux l'aider, Mystère va m'aimer quand même. Et je n'aurai pas à la libérer. Personne ne pourra me l'enlever. Elle sera là chaque jour, chaque fois que je voudrai la voir.*

Julie a soudain la nausée. *Je suis comme M. Hétu,* se dit-elle avec horreur. *Lui aussi, il voulait garder Mystère. Il refusait de la libérer.* Elle sent que son estomac se contracte.

Déconcertée par les pensées qui se bousculent dans sa tête, Julie se lève d'un bond et sort en courant de l'écurie. Elle entend l'ébrouement surpris de Mystère derrière elle, et se dit qu'elle n'aurait pas dû bouger si brusquement.

Mais il fallait qu'elle sorte! Elle ne pouvait pas laisser Mystère deviner ce qu'elle éprouve. En se ruant à l'extérieur, Julie a à peine remarqué que le temps s'est assombri. Le soleil est de nouveau caché par d'épais nuages noirs et les oiseaux se sont tus devant le tonnerre qui approche.

Chapitre dix

De retour dans sa chambre, Julie se jette sur son lit et s'enfouit la tête sous son oreiller. Elle veut fuir ces horribles pensées qui la tourmentent, mais impossible de leur échapper. Elle s'assoit sur la banquette sous la fenêtre, son ours dans les bras, et regarde l'écurie striée par la pluie. Une à une, elle examine les pensées qui défilent dans son esprit.

Est-ce que je pourrais convaincre Mystère que je veux la libérer, quand au fond, ce n'est pas vrai? Je sais que je ne devrais pas avoir de telles pensées, mais je ne supporte pas l'idée de la perdre à jamais. Comme ma maison, et comme Maria. Je ne veux pas perdre aussi Mystère. Elle regarde longtemps par la fenêtre, serrant son ourson contre sa poitrine, pendant que les larmes coulent silencieusement sur ses joues. Finalement, elle prend une profonde inspiration.

— Je voudrais la garder, Nounours, dit-elle en caressant son ourson. Je ne peux pas supporter qu'elle parte, mais je ne peux pas supporter non plus qu'elle ne soit pas libre.

Elle s'interrompt et ferme les yeux en plissant les paupières. Quelques dernières larmes s'en échappent.

— Elle va me manquer, chuchote-t-elle. Je ne la connais que depuis quelques jours, mais je ne peux pas imaginer qu'elle ne sera plus là.

Sa voix s'éteint doucement. Elle ne sait pas pourquoi, mais elle sait que le départ de Mystère va lui briser le cœur.

Presque une heure plus tard, la mère de Julie frappe à la porte de sa chambre.

— Julie, j'ai fini plus tôt que prévu, dit-elle en entrant. Pourquoi n'appelles-tu pas Pénélope pour lui dire que nous allons passer la chercher? Comme ça, elle n'aura pas à venir en vélo sous la pluie.

— Est-ce qu'on part tout de suite? demande Julie, toujours assise sur la banquette, où elle est en train de dessiner l'écurie trempée par la pluie.

— Dans dix minutes.

— D'accord.

Il pleut toujours quand la voiture s'arrête devant le bureau de *L'Écho de Belle-Rivière*. Julie et Pénélope sortent en courant de la voiture et se précipitent vers la porte en se protégeant la tête de leurs mains. La mère de Julie les suit plus lentement.

— Je ne sais pas si c'est toi, Pénélope ou Kita qui déteste le plus la pluie! dit-elle en riant.

Julie voudrait trouver une riposte intelligente, mais son père ouvre la porte à ce moment précis.

— Entrez, mesdames, dit-il galamment en leur adressant un clin d'œil. Je vais vous faire faire le tour du propriétaire!

Il leur fait visiter le bureau, désignant différents appareils et expliquant leur rôle. Julie s'arrête devant l'un des ordinateurs et appuie sur une touche du clavier. L'écran devient noir.

— Oups! Désolée, papa.

— Heureusement que j'avais sauvegardé! dit-il en haussant un sourcil. Venez plutôt ici, je vais vous montrer quelque chose qui va vous intéresser.

Il les conduit dans une autre pièce. Des tables couvertes d'une plaque de verre sont alignées le long du mur.

— Ce sont des tables lumineuses.

— Génial! disent Julie et Pénélope en chœur.

— Nous ne les utilisons plus de nos jours parce que tout est informatisé, explique le père de Julie. Mais autrefois, elles servaient à faire la mise en pages des articles et des annonces publicitaires. Tout le matériel nécessaire est encore là.

Il appuie sur un interrupteur et la lumière jaillit sous la surface vitrée des tables.

— Aimeriez-vous préparer des annonces de la façon traditionnelle?

— D'accord.

Il leur remet quelques bandes de papier imprimé, puis leur montre comment cirer l'endos et les appliquer sur la table.

Julie choisit une annonce de magasin d'animaux et Pénélope en prend une qui fait la promotion d'un rodéo. Une fois qu'elles ont disposé les bandes de papier à l'endroit voulu, elles consultent de vieux catalogues poussiéreux sous la table et y choisissent des illustrations. Julie trouve des photos de chiots et de chatons, et Pénélope opte pour un dessin représentant un cheval cabré. Elles ajoutent ensuite une bordure à chaque annonce à l'aide de petits rouleaux de ruban adhésif à motifs.

L'après-midi tire à sa fin quand ils quittent le bureau du journal. En déposant Pénélope chez elle, les parents de Julie en profitent pour entrer saluer M. et Mme Martin. Pendant que les adultes bavardent dans la cuisine, Julie et Pénélope jouent à la cachette avec Samuel et Benoît.

Les petits garçons ne sont pas très doués pour chercher, et encore moins pour se cacher. Julie et Pénélope font semblant de ne pas les voir quand ils se cachent derrière les rideaux du salon.

En passant devant le renflement dans les rideaux, Pénélope dit d'une voix forte :

— Je me demande où sont passés Benoît et Samuel? On a regardé partout et on ne les trouve pas!

— Ils sont vraiment bien cachés! renchérit Julie, qui ne peut pas s'empêcher de sourire en entendant les gloussements de Samuel derrière les plis du rideau.

Incapable d'attendre plus longtemps, Benoît écarte les rideaux :

— On est ici! crie-t-il.

Les deux petits garçons se tordent de rire en voyant Julie et Pénélope feindre la surprise.

Il fait presque noir quand les Prévost rentrent à la maison. Pendant que ses parents préparent le souper, Julie va voir Kita et Mystère. La pluie a cessé et Kita est dehors en train de brouter. En apercevant Julie, elle s'approche au trot. Julie la flatte, puis se dirige vers l'écurie. L'intérieur est sombre dans le crépuscule et il est difficile de discerner quoi que ce soit. Julie appelle Mystère, mais il n'y a pas de réponse. Elle examine la plaie de Kita, puis enlace son cou pour lui souhaiter bonne nuit et revient en courant vers la maison.

Cette nuit-là, Julie rêve de Mystère. Elle voit le fantôme de la jument debout, près du rocher, piétinant le sol de ses sabots, comme si elle tentait de creuser un trou dans le sol de terre battue.

Toute la nuit, les rêves de Julie tournent autour de cette scène. Elle rêve qu'elle est en train de monter Kita, quand elle voit soudain Mystère martelant le sol à côté du gros rocher. Ou bien elle se voit dans l'appartement de Maria, puis le fantôme de la jument réapparaît en train de creuser le sol dans le coin de l'écurie, faisant voler la terre de tous côtés. Elle voit ensuite Soleil, la statuette de verre préférée de Pénélope, mais grandeur nature, auprès de Mystère qui frappe le sol et secoue la tête de haut en bas. Julie se tourne et se retourne dans son lit toute la nuit, dormant d'un sommeil léger et agité.

Lorsque le ciel commence à s'éclaircir, Julie finit par sombrer dans un profond sommeil. Elle dort si profondément qu'elle est surprise en s'éveillant de se sentir fatiguée. Jetant un coup d'œil à son réveil sur la table de chevet, elle constate qu'elle a dormi plus longtemps que d'habitude. Il est presque 11 h. Elle bâille et s'étire, puis se lève et enfile ses vêtements.

Sa mère lui a laissé un mot sur la table de la cuisine. Julie sait déjà que ses parents doivent passer la journée au bureau du journal, mais sa mère lui demande de leur téléphoner à 2 h. Après avoir mangé une pêche et des céréales, elle téléphone à Pénélope pour l'inviter à venir la retrouver.

— Kita! Mystère! lance Julie en entrant dans l'écurie.

Kita hennit en guise de réponse. Cette fois, les deux chevaux sont là. Mystère est derrière Kita, comme d'habitude.

Julie observe Mystère pour s'assurer que son regard farouche n'a rien de malveillant, puis s'approche lentement de Kita et lui caresse le cou. Derrière, la tête noire s'élève nerveusement, mais Mystère ne semble pas vouloir attaquer, ni reculer. Tout en parlant doucement aux chevaux, Julie note que la jument noire commence à se détendre. Ses oreilles noires s'agitent au son de sa voix.

— Peux-tu me dire quoi faire, Mystère? Peux-tu me dire comment te libérer? murmure-t-elle. Qu'est-ce qu'il faut faire pour que tu puisses quitter l'écurie?

Perdue dans ses pensées, elle caresse doucement la robe fauve et blanche de Kita. Le silence s'installe dans l'écurie. Julie remarque que Mystère s'éloigne silencieusement de Kita, mais elle ne craint rien. Elle est certaine que le fantôme ne tentera pas de lui faire du mal.

Un bruit sourd lui fait tourner la tête. Mystère est en train de piétiner le sol près du rocher. Le rêve de Julie lui revient aussitôt à l'esprit. Qu'est-ce que M. Hétu a dit au sujet de ce rocher? Qu'il l'avait mis là après avoir enterré Mystère parce que... parce qu'il ne voulait pas qu'elle quitte l'écurie! Mais qu'est-ce que je dois faire? Déterrer ses os? *Ouache! De toute façon, qu'est-ce que ça changerait?*

Elle entend Pénélope qui l'appelle.

— Je suis ici, Pénélope!

Son amie apparaît à la porte.

— Qu'est-ce que tu fais?

— Je réfléchis, et je regarde Mystère, répond Julie. Elle piétine le sol près du rocher. J'ai rêvé qu'elle faisait la même chose cette nuit. Mais dans mon rêve, elle creusait.

Pénélope scrute la pénombre.

— Elle est beaucoup plus calme aujourd'hui, constate-t-elle.

— Elle n'est plus fâchée, dit Julie. Tu peux entrer. Mais ne fais pas de mouvements brusques. Ça la rend nerveuse.

— Je pense que je vais rester ici pour l'instant, si ça ne te dérange pas, dit Pénélope en s'assoyant près de la porte. Pourquoi voudrait-elle creuser? Qu'est-ce qu'il y a là-dessous, à part de vieux os? J'espère qu'elle ne veut pas qu'on les déterre et qu'on les sorte de l'écurie! lance-t-elle d'un air dégoûté.

— Moi aussi! dit Julie.

— Il n'y a sûrement rien d'autre, poursuit Pénélope. À part les entraves et les cordes qui la retenaient attachée...

Un hennissement sonore couvre le son de sa voix. Pénélope se remet précipitamment debout en voyant Mystère s'approcher d'elle. La jument noire secoue la tête de haut en bas, faisant voltiger sa crinière d'un noir de jais qui retombe en cascade sur son cou. Elle hennit de nouveau, puis se remet à piaffer.

Après un long silence incrédule, Julie comprend tout à coup.

— Je sais! Elle nous dit quoi chercher! s'exclame-t-elle avec agitation. Pénélope, tu as parlé d'entraves et de cordes! C'est ça qu'il faut trouver!

La jument hennit doucement, puis frappe de nouveau le sol de son sabot. Elle retourne en silence se placer derrière Kita et attend.

— C'est logique, tu ne penses pas? dit Julie. Si on enlevait les cordes et les entraves qui la retiennent, ça la libérerait, non?

— Ouais, mais c'est dégoûtant, dit Pénélope en haussant les épaules. Es-tu certaine que c'est ça qu'elle veut?

Mystère hennit encore en agitant la tête de haut en bas.

— On dirait qu'elle dit oui, répond Julie.

— Allons chercher des pelles et creusons! dit Pénélope. Attention, squelette, on arrive!

Quelques secondes après être allées chercher des pelles dans le garage, Julie et Pénélope commencent à creuser. C'est un travail ardu. Mystère a piétiné le sol des milliers de fois au cours des ans, et la terre est aussi dure que du ciment.

À 1 h, elles ont réussi à creuser chacune un trou de grosseur moyenne, et n'ont toujours rien trouvé. Autour de

2 h, elles sont toutes deux épuisées et affamées. Assurant Mystère et Kita qu'elles vont revenir bientôt, elles rentrent téléphoner à la mère de Julie. Julie se met ensuite à préparer des sandwiches. Pendant qu'elle étale du beurre sur le pain, Pénélope appelle sa mère pour lui demander si elle peut rester plus longtemps.

Après le repas, elles creusent encore pendant quelques heures. Julie a les muscles endoloris, et elle sait que Pénélope doit être tout aussi épuisée et courbaturée.

— C'est bien trop difficile, grogne Julie en se relevant pour s'étirer et se reposer les bras.

Pénélope lève les yeux et sourit. Puis son regard est attiré par quelque chose derrière Julie.

— Regarde, dit-elle doucement en faisant signe de la tête.

Julie se retourne et voit que Mystère s'est peu à peu rapprochée d'elles. Ses yeux bleus sont remplis de curiosité et de circonspection. Désireuse de ne pas effrayer la jument noire en se rapprochant ou en la regardant trop longtemps, Julie se penche de nouveau et enlève une autre pelletée de terre. Le regard de Pénélope s'attarde un peu plus longtemps sur la jument, après quoi, elle se remet aussi à la tâche.

À la fin de l'après-midi, on dirait qu'une famille de marmottes s'en est donné à cœur joie dans le coin de l'écurie, mais les filles n'ont toujours rien trouvé. Mystère se tient silencieusement devant elle, la tête baissée, observant leurs progrès. Elles creusent de plus en plus lentement, et Julie sent ses muscles se raidir. Elles arrêtent quand il est temps que Pénélope rentre chez elle.

Julie s'écroule contre le rocher, épuisée.

— Je pense qu'il va falloir creuser plus profond, gémit-elle.

— On dirait bien, dit Pénélope avec une grimace en regardant les trous et les tas de terre. J'espère qu'on ne se trompe pas et que ça va vraiment aider Mystère. Aïe! J'ai mal au dos! ajoute-t-elle avec un grognement.

— Je suis certaine qu'on ne se trompe pas, réplique Julie. Regarde-la. Elle reste plantée là à nous observer. Je pense qu'elle nous le ferait savoir si on faisait fausse route.

— Oui, dit Pénélope. À moins qu'elle ne s'amuse à nos dépens!

— Vas-tu revenir demain? demande Julie.

Pénélope regarde Mystère, qui attend patiemment à leurs côtés, telle une masse sombre dans la pénombre grandissante. Elle essuie son front humide et maculé de terre avec son bras.

— Bien sûr que je vais venir t'aider, dit-elle en souriant à Julie. Je suis infatigable. Un vrai cheval de labour!

Chapitre onze

— Salut, Pénélope! crie Julie de la porte de l'écurie.

Son amie traverse le pré dans sa direction.

— Salut, dit Pénélope d'un ton joyeux. Tu as dû commencer de bonne heure.

— Ça fait seulement dix minutes.

— Est-ce que Mystère est là?

— Oui, elle est là-bas, dit Julie en désignant l'intérieur de l'écurie. Es-tu courbatue, ce matin?

— Oh oui! réplique Pénélope. Le simple fait de sortir du lit était une vraie torture.

— Moi aussi! s'exclame Julie avant de reprendre sa pelle pour recommencer à creuser. Qu'est-ce que tu as dans ton sac à dos?

Pénélope dépose son sac contre le montant de la porte.

— J'ai fait quelques sandwiches pour notre dîner et j'ai apporté des boissons gazeuses.

— Super! Mes parents n'en achètent presque jamais!

— Où est Kita? demande Pénélope en jetant un regard dans le coin sombre d'où Mystère les observe silencieusement.

— Elle est dehors en train de paître. Je crois qu'elle fait entièrement confiance à Mystère, à présent.

Julie cesse un instant de creuser et jette un coup d'œil au fantôme.

— Mystère a l'air plutôt détendue, maintenant, tu ne trouves pas? demande-t-elle à Pénélope.

— Oui, acquiesce son amie. Et j'espère que ça va continuer. Elle peut être vraiment effrayante quand elle veut.

— À qui le dis-tu!

— À toi! dit Pénélope avec un sourire malicieux.

— Ha, ha! Très drôle.

Pénélope ramasse sa pelle et examine les trous qu'elles ont creusés la veille.

— Où penses-tu que je devrais creuser?

— Près du rocher, je suppose, dit Julie en haussant les épaules. Les os pourraient être n'importe où.

— D'accord.

Les deux amies travaillent rapidement. Malgré leurs courbatures, leur tâche leur semble plus facile que la veille.

Au bout d'une heure, Julie remarque que Mystère se rapproche petit à petit. En voyant Julie et Pénélope creuser de plus en plus profond, elle les observe d'un air curieux.

Bientôt, elle se trouve au-dessus des deux filles. Au début, elle se contente de les regarder, puis elle touche l'épaule de Julie de ses naseaux. C'est un contact doux, léger, prudent. Julie ne réagit pas, de peur d'effrayer le fantôme de la jument. Quelques minutes plus tard, Mystère lui touche de nouveau l'épaule. Julie se retourne pour lui faire face.

Les dernières traces de la haine démentielle qui animait le regard de Mystère ont disparu. À la place, on peut y lire l'espoir et la curiosité. Et la circonspection. Julie lève lentement la main pour caresser la joue satinée, puis la retire en voyant que Mystère recule. La jument ne lui fait pas encore confiance.

— Tout va bien, Mystère, murmure Julie avant de se remettre à creuser.

La jument a bien le temps d'apprendre à lui faire confiance. Julie sait que la pire chose à faire serait de la brusquer. Cette amitié doit s'établir au rythme de Mystère, et non au sien.

Les trous qu'elles ont creusés sont de plus en plus profonds. Julie commence à penser aux sandwichs apportés par Pénélope, quand sa pelle heurte quelque chose avec un bruit sourd. Elle gratte un peu de terre et regarde dans le trou. C'est un os.

— Ça y est! J'ai trouvé un os! s'exclame Julie en délogeant la terre tout autour. Il est long et droit. Je parie que c'est une jambe.

Elle s'agenouille pour retirer la terre du trou avec ses mains et effleure la surface dure de l'os. Elle a un mouvement de recul, puis tend de nouveau la main pour le toucher. Elle est surprise de constater à quel point il est lisse. *Comme une sculpture,* pense-t-elle en faisant glisser son doigt sur toute la longueur de l'os.

Pénélope l'aide à retirer l'excès de terre et, après quelques minutes, elles trouvent ce qu'elles cherchaient. Le cuir des entraves est sec et craquelé, et suffisamment abîmé pour se détacher facilement de l'os de la jambe. Elles creusent un peu plus, à la recherche de l'autre jambe, puis parviennent à sortir les entraves du trou.

À leurs côtés, Mystère remue nerveusement la queue et la tête, faisant onduler sa crinière, tel un rideau de soie ébène. Julie se tourne solennellement vers la jument, les entraves dans la main. Mystère pousse un hennissement sonore, et

Julie est de nouveau submergée par une étrange sensation hypnotique en voyant briller un éclair de haine dans les yeux bleus. Les oreilles de la jument se couchent vers l'arrière pendant qu'elle toise les entraves d'un air furieux.

Pénélope retient son souffle. Julie s'arme de courage et s'efforce de demeurer immobile. *Il ne faut pas que je lui montre que j'ai peur,* se dit-elle.

— Parle-lui, Julie, chuchote Pénélope d'un air désespéré. Elle va t'écouter.

Julie avale sa salive.

— Mystère, dit-elle d'une voix qui lui semble bien faible face à l'air menaçant de la jument. Mystère, reprend-elle d'une voix plus ferme. On est ici pour t'aider, tu te souviens? C'est M. Hétu qui t'a mis ces entraves, pas nous. On veut te les enlever. Pour que tu sois libre.

Mystère hésite un long moment, puis pointe les oreilles en avant. Lentement, la lueur de haine s'éteint dans son regard. Elle hennit doucement en regardant Julie.

— J'accepte tes excuses, murmure Julie, soulagée.

— Elle m'a fait peur, dit Pénélope. Pendant une seconde, j'ai pensé qu'on était fichues!

— Moi aussi, glousse nerveusement Julie.

Mystère s'ébroue et hoche la tête. Puis elle fait un pas hésitant vers Julie et approche ses naseaux des entraves pour les renifler. Elle souffle à quelques reprises sur la corde et le cuir tordus. Elle est si près que Julie peut discerner les émotions contradictoires qui animent son regard. Mais quand la jument relève la tête, son regard est calme.

Sans réfléchir, Julie tend la main pour caresser la face marquée d'une étoile blanche. Mystère se raidit, puis se détend, baissant la tête pour toucher l'épaule de Julie de ses naseaux. Julie déplace sa main vers le cou satiné. Elle sent les muscles de la jument, durs comme fer sous la robe veloutée. Elle tente de passer ses doigts dans la crinière emmêlée d'un noir de jais. Mystère prend une mèche des cheveux de Julie du bout des lèvres, puis la recrache aussitôt.

— Ça n'a pas très bon goût, hein? dit Julie avec un sourire en lissant la touffe de poils blancs sur le front de la jument.

Kita entre dans l'écurie. Elle hennit doucement, et Mystère s'avance vers elle pour la saluer.

— Elle t'a laissée la toucher! C'est incroyable, Julie! s'exclame Pénélope. C'était comment?

— Comme un cheval ordinaire. Ce n'était pas dégoûtant, ni bizarre. Je suis sûre qu'elle te laisserait la toucher, toi aussi, ajoute Julie en souriant. Elle commence à être habituée à nous.

— Tu crois? Heu, peut-être plus tard. Elle me fait encore un peu peur, répond Pénélope en surveillant Mystère du coin de l'œil.

Kita a la tête baissée et les yeux mi-clos.

— On dirait que Kita veut faire une sieste, remarque Pénélope.

— J'ai besoin de prendre une pause, moi aussi, réplique Julie. Allons dîner. Qu'est-ce que tu veux comme dessert? On a de la crème glacée marbrée au chocolat et au caramel.

— Miam! dit Pénélope d'un ton enthousiaste. Je meurs de faim!

— Ne dis jamais ça devant ma mère si tu ne veux pas entendre un sermon! dit Julie en riant.

Une heure plus tard, elles sont de retour dans l'écurie et reprennent leurs pelles.

— Si les antérieurs sont ici, dit Julie à Pénélope en

désignant les os déterrés, ça veut dire que les postérieurs sont par là. Et sa tête doit être sous le rocher.

— Probablement, dit Pénélope. Penses-tu que M. Hétu l'a entravée derrière aussi?

— Il n'y a qu'une façon de le savoir, dit Julie avec un soupir.

Elle se remet à creuser à l'endroit où elle espère trouver les entraves.

Effectivement, elles finissent par les déterrer et les déposent sur le sol à côté des autres.

— Bon, et maintenant, le licou, dit Julie en regardant le gros rocher d'un air découragé.

Elle sait qu'il leur sera impossible de le déplacer.

— Peut-être qu'on pourrait le faire basculer si on creusait sur un côté, à la base? propose Pénélope.

— Bonne idée! répond Julie en lui jetant un regard admiratif. On va essayer!

Elles creusent à la base du rocher jusqu'à ce qu'elles aient créé un gros trou qui s'enfonce sous le roc. Puis elles se placent de l'autre côté et poussent le rocher de toutes leurs forces. Il ne bouge pas.

— Essayons encore, dit Julie. Un, deux, trois!

Elles appuient de tout leur poids sur le rocher. Il ne bouge toujours pas.

— On n'est pas assez fortes, grogne Pénélope.

— Je pense que papa a un pied-de-biche dans le garage, dit Julie. Avec ça, on réussirait peut-être.

Elles sont à mi-chemin de la maison quand elles entendent un gros bruit sec. Elles se regardent, étonnées, puis repartent en courant vers l'écurie. Debout dans l'embrasure, elles voient Mystère qui s'approche à reculons du rocher et lui décoche une ruade puissante. Un autre claquement explosif retentit dans l'écurie.

Le rocher vacille, puis se met lentement à basculer. Il heurte le mur entaillé, faisant trembler toute l'écurie, puis retombe en roulant sur le sol. Mystère se cabre et lance un cri triomphant.

— Bravo! crient les filles.

Ne voulant pas être en reste, Kita hennit à son tour.

Julie et Pénélope ne perdent pas de temps. Elles saisissent leurs pelles et creusent jusqu'à ce qu'elles trouvent ce qu'elles cherchaient. Un crâne. En évidant le trou, Julie constate que certains os fragiles de la tête ont été écrasés sous le poids du rocher. Toutefois, le licou qui maintient le crâne est intact.

— Et voilà, Mystère! dit Julie. La dernière chose qui te retenait prisonnière.

Elle tire sur la vieille longe en songeant à toutes les souffrances que Mystère a dû endurer. Après avoir vécu en toute liberté dans la nature, elle a été réduite à la captivité et gardée prisonnière, même après sa mort. *C'est tellement injuste et cruel… Qu'est-ce qu'elle avait fait pour mériter ça? Ce n'était pas de sa faute si elle était farouche et magnifique.*

Julie touche les os avec respect, puis se redresse en soulevant le licou. Le fantôme de la jument baisse la tête, l'attrape de ses dents puissantes et le secoue. Julie a un petit sourire triste :

— Ça faisait longtemps que tu avais envie de faire ça, hein?

— Penses-tu qu'elle peut partir, maintenant? demande Pénélope.

— Je crois que oui. Voyons si elle nous suit dehors, répond Julie d'un ton triste.

Elles se dirigent toutes deux vers la porte. Mystère laisse

tomber le licou sur le sol et avance de quelques pas. Julie et Pénélope sortent dans la lumière du soleil et se retournent pour regarder l'écurie ombragée.

— Viens, Mystère, appelle Julie. Tu peux sortir.

Mais le fantôme se contente de la regarder en piaffant.

— Elle ne peut pas sortir! gémit Pénélope. Après tous ces efforts! Qu'est-ce qu'il faut qu'on fasse de plus?

Julie s'assoit sur l'herbe et Pénélope se laisse tomber à ses côtés. Elles peuvent voir Mystère à l'intérieur, qui agite nerveusement la queue et frappe le sol de ses sabots.

— Il faut trouver une solution, dit Julie d'une voix déçue. Mais je n'ai plus d'idée.

— Peut-être qu'il faudrait déterrer tous les os et les mettre ailleurs, suggère Pénélope.

— Mais quand on a fait cette suggestion devant elle, elle n'a pas eu de réaction, lui rappelle Julie.

— Mais c'est peut-être la prochaine étape, dit Pénélope en se remettant debout.

Elles s'approchent de la porte de l'écurie.

— Est-ce qu'il faut qu'on enterre tes os dehors, Mystère? demande Julie.

Le fantôme la regarde d'un air impassible, sans même remuer les oreilles.

— On pourrait tout de même lui faire des funérailles, dit Julie d'une voix douce. Avec des fleurs, et tout le reste. Dans l'écurie.

— Bonne idée, dit Pénélope d'un air animé.

Elles déposent le licou et les entraves sur le rocher, puis recouvrent de nouveau les os de terre. Mystère les observe.

Elles songent à faire un bouquet avec les fleurs du jardin, puis décident que des fleurs sauvages conviendraient mieux. Peut-être que Mystère reconnaîtra les fleurs des champs. Après en avoir cueilli quelques-unes, elles reviennent à l'écurie. Elles disposent les fleurs à l'endroit où sont enterrés les os.

— Pour Mystère, qui a été contrainte à une vie de souffrance et de captivité, déclare Julie en parsemant des boutons d'or sur la tombe. M. Hétu aurait dû lui rendre sa liberté en voyant qu'elle refusait de lui céder.

— Il l'a tuée en voulant la garder, ajoute Pénélope en déposant une marguerite sur la tombe.

Elles gardent le silence un moment, puis Julie reprend :

— Je suis si triste pour elle. Elle a tellement souffert. Pourquoi n'est-elle pas libre, Pénélope? ajoute-t-elle en se tournant vers son amie. Il doit y avoir autre chose qui la retient!

Pénélope s'agenouille et ajoute quelques lupins.

— Peut-être que la haine de M. Hétu exerce encore un sortilège sur elle.

— Peut-être, dit Julie d'un air songeur. Mais je crois que quelque chose nous échappe. Quelque chose qui devrait nous sauter aux yeux.

Pénélope jette un coup d'œil au fantôme noir.

— Mais qu'est-ce qu'il peut y avoir d'autre? Mystère n'est pas diabolique, alors ce ne peut pas être une punition divine, ou quelque chose du genre.

— Je le sais bien, dit Julie en soupirant. Oublie ce que j'ai dit. Sais-tu quoi dire, toi, en guise d'oraison funèbre?

— Je connais un psaume de la Bible, dit Pénélope. Je vais essayer de m'en souvenir... *Le Seigneur est mon berger, je ne manque de rien. Sur des prés d'herbe fraîche, il me fait reposer. Il me mène vers les eaux tranquilles et me fait revivre. Si je traverse les ravins de la mort, je ne crains aucun mal. Car tu es avec moi, ton bâton me guide et me* rassure. *Grâce et bonheur m'accompagnent tous les jours de ma vie. J'habiterai la maison du Seigneur pour la durée de mes jours.*

— C'est beau, dit Julie.

— En connais-tu un? demande Pénélope.

— Je vais en inventer un.

Julie se tourne et s'aperçoit que Mystère est derrière elle, regardant au loin d'un air absent. Elle lève la main pour flatter la jument noire.

— Pour Mystère, la jument ébène. Tu as été arrachée à la vie et emprisonnée, seule, pour l'éternité. Puisses-tu retrouver la route pour rentrer chez toi...

— Ainsi soit-il, conclut Pénélope.

— Ne t'en fais pas, Mystère, dit Julie d'un ton qu'elle veut rassurant. On ne te laissera pas tomber.

— On va trouver une idée, dit Pénélope avec espoir.

— Oui, répète Julie. On va trouver une idée.

Chapitre douze

Julie est assise sur la banquette sous la fenêtre. Elle écoute de la musique et observe le pré qui s'assombrit peu à peu dans le crépuscule. Elle sait que ses parents vont rentrer aussitôt qu'ils auront terminé la première édition de *L'Écho de Belle-Rivière*. En revenant à la maison, ils doivent passer chercher Pénélope, que Julie a invitée à passer la nuit chez elle.

Julie observe Kita qui broute dans la fraîcheur du soir. La jument lève la tête et regarde les derniers rayons du soleil qui illuminent les collines au loin. Son flanc tacheté est baigné d'une teinte rosée. Puis le soleil disparaît, et la jument n'est plus qu'une silhouette grise. Dans l'obscurité qui envahit le pré, Kita trotte jusqu'à l'écurie et attend à l'extérieur.

De la fenêtre, Julie peut discerner des mouvements dans l'ombre de l'écurie. Mystère ne semble plus craindre qu'on l'aperçoive, maintenant. *Heureusement que papa et maman ne sont pas souvent à la maison, ces jours-ci,* pense Julie. *Ils auraient pu la voir.*

Elle retire les écouteurs de ses oreilles et se dirige distraitement vers son lit.

— Qu'est-ce qu'on fait, maintenant, Nounours? dit-elle.

— Je ne sais pas, lui répond une grosse voix étouffée.

Julie se tourne vers la porte.

— Salut, Pénélope! dit-elle en riant. Je sais que c'est toi!

Pénélope entre dans la pièce en souriant d'un air penaud.

— J'aimerais bien que ton ours nous dise quoi faire, dit-elle en déposant son sac de voyage sur le plancher. Maman dit que je peux rester jusqu'à demain midi.

— Super! On va avoir le temps de réfléchir à une solution.

— En fait, j'y ai déjà réfléchi, dit Pénélope en refermant la porte avant de s'asseoir sur le lit. Que dirais-tu qu'on remette le licou et les entraves à Mystère, je veux dire à son fantôme, puis qu'on la conduise à l'extérieur et qu'on les lui enlève? Crois-tu que ça marcherait?

— Et si elle refuse qu'on les lui mette? dit Julie.

— Oh, je n'avais pas pensé à ça, réplique Pénélope en levant les yeux au ciel. Ça risque de poser un problème...

— Oui, mais c'est quand même une idée à considérer, dit Julie.

Elle s'interrompt un moment, puis reprend :

— Je me demande s'il y a autre chose qui la retient captive... Il y a peut-être d'autres objets enterrés dans l'écurie.

— M. Hétu n'a rien mentionné d'autre, dit Pénélope. Mais il a peut-être oublié des détails quand il nous a raconté son histoire.

— Ses souvenirs avaient pourtant l'air très précis, dit Julie.

— C'est vrai, convient Pénélope avec un soupir. Et le rocher? Est-ce qu'il pourrait la retenir prisonnière?

— M. Hétu ne l'a mis là qu'après la mort de Mystère, lui rappelle Julie. J'espère que ce n'est pas ça. On ne réussirait jamais à le sortir de l'écurie. De toute façon, il n'est plus au-dessus des os.

— Les filles, descendez! leur crie le père de Julie du bas de l'escalier. C'est le temps de célébrer!

Julie et Pénélope se regardent.

— Célébrer? demande Pénélope en haussant un sourcil.

— C'est probablement pour souligner la première édition du journal. Ils ne t'ont pas dit qu'ils l'ont terminée aujourd'hui?

— Oh, oui! Super! dit Pénélope en se levant d'un bond.

Un gâteau Forêt-noire et quatre verres de cidre sont sur la table. La mère de Julie leur donne chacune un gros morceau de gâteau, puis elle lève son verre :

— Je porte un toast à *L'Écho de Belle-Rivière*... dit-elle. Que son succès se poursuive pendant de nombreuses années!

Une fois que tout le monde a bu une gorgée de cidre, le père de Julie prend la parole :

— Et je porte un toast aux deux femmes de ma vie, ma belle Anna et notre fille Julie. Et un toast à sa nouvelle amie, Pénélope. Que vos vœux les plus chers se réalisent!

— À mes parents que j'adore! dit Julie à son tour. Attendez! ajoute-t-elle en voyant que tout le monde s'apprête à boire. À Pénélope et Maria, deux amies super géniales!

Elle lève son verre, puis interrompt son mouvement pour ajouter :

— Et à Kita, le meilleur cheval du monde!

— Est-ce qu'on peut boire, maintenant? demande son père. On n'a oublié personne?

— Seulement le fantôme de la cuisine, dit Julie en prenant une gorgée de cidre. Qu'il fasse encore beaucoup de sucre à la crème! Tout le monde doit porter un toast, sinon, ça porte malheur, ajoute-t-elle en poussant Pénélope du coude.

Pénélope s'éclaircit la voix d'un air théâtral :

— À la liberté! déclare-t-elle.

— Entièrement d'accord! dit le père de Julie en levant son verre.

Julie sourit. Ce toast n'a pas la même signification pour ses parents, mais il revêt une grande importance pour Mystère, Pénélope et elle.

Après avoir mangé le gâteau, ils jouent tous les quatre au Monopoly. Julie est très vite évincée de la partie, alors que la chance semble sourire à Pénélope. Elle obtient en un rien de temps la Promenade, la place du Parc et tous les réseaux de chemin de fer. Finalement, la partie se joue entre Pénélope et la mère de Julie. Quand cette dernière doit déclarer faillite, elle éclate de rire :

— J'espère que ce n'est pas une indication de nos talents comme gens d'affaires, dit-elle à son mari.

— Si c'est le cas, il faudra embaucher Pénélope comme conseillère financière, dit-il. Bon, il est temps d'aller au lit. Je suis fourbu.

— Moi aussi, dit Julie, qui a hâte de se retrouver seule avec Pénélope pour discuter de Mystère.

Une fois dans la chambre, elles ne parviennent pas à trouver de nouvelles idées.

— Et si on allait dans l'écurie? propose Julie. Peut-être que Mystère va nous aider.

— Bonne idée, dit Pénélope. Mais est-ce que tes parents vont être d'accord?

— Mais oui, si on va seulement dans l'écurie. De toute façon, ils sont sûrement déjà endormis. Je vais leur laisser une note sur la table de la cuisine. Essayons de ne pas faire de bruit pour ne pas les réveiller.

Elles sortent de la maison sur la pointe des pieds et vont dans le garage chercher la lampe de poche. En constatant que les piles sont épuisées, Julie revient dans la cuisine pour prendre une chandelle et des allumettes. Puis, prise d'une impulsion soudaine, elle remonte dans sa chambre pour chercher son carnet de croquis et un crayon.

En se dirigeant vers l'écurie, les deux amies entendent des chiens aboyer au loin. Puis la nuit redevient paisible.

— Aujourd'hui, je pouvais voir Mystère de la fenêtre de ma chambre, dit Julie. Elle ne craint plus d'être vue.

— Il faut tout faire pour la sortir de là ce soir.

— Oui. Je ne veux pas avoir à fermer la porte de l'écurie. Elle détesterait ça!

La nuit semble plus noire que d'habitude. D'épais nuages cachent la lune et les étoiles. La clôture projette des ombres à peine perceptibles sur le sol.

Une fois dans l'écurie, elles frottent une allumette et allument la chandelle. Mystère est là, rôdant autour du rocher surmonté du tas d'entraves et de cordes. Kita est auprès d'elle et semble somnoler.

Julie enlève les entraves. Elle incline la chandelle pour faire couler un peu de cire sur la surface du rocher, puis appuie la chandelle dans la cire fondue. La cire durcit aussitôt, maintenant la chandelle à la verticale.

— Résumons, dit Pénélope. On a débarrassé les os des cordes, des entraves et du licou. En passant, c'était dégoûtant, sans vouloir t'offenser, Mystère, ajoute-t-elle en regardant la jument fantôme. On sait que ce n'est pas de ta faute.

— Et on lui a demandé s'il fallait transporter les os dehors, poursuit Julie en sortant son crayon de sa poche et en ouvrant son carnet à croquis.

Elle commence à esquisser rapidement les deux chevaux qui se tiennent devant elle.

— On a essayé de l'attirer dehors.

— Et on lui a fait des funérailles.

— Alors, qu'est-ce qui reste à faire? dit Pénélope. Prononcer une formule magique?

— Laquelle? demande Julie.

— Je ne sais pas. Abracadabra, c'est trop cliché. Ogo-Pogo, peut-être?

— C'est le nom d'un monstre, non?

— Les monstres sont un peu magiques, dit Pénélope, sur la défensive.

Julie éclate de rire en continuant son dessin.

— J'ai demandé à mon père comment il s'y prendrait pour se débarrasser d'un fantôme, et il m'a dit qu'il jetterait tout ce dont le fantôme a besoin.

— On pourrait faire ça, mais Mystère n'a besoin de rien, dit Pénélope. Elle se contente d'être là et de faire peur aux gens. Si seulement elle tricotait ou lisait...

Julie se place devant Mystère pour ajouter les derniers détails à son dessin.

— Je peux voir? demande Pénélope.

— Bien sûr, dit Julie en lui tendant le carnet.

Puis elle se tourne vers Mystère et plonge son regard dans les yeux bleus brillants.

— Pourquoi ne peux-tu pas partir? chuchote-t-elle.

Mystère répond par un hennissement et Julie caresse son cou noir et soyeux. Elle ressent aussitôt une sensation d'envoûtement s'emparer d'elle. Elle fixe la jument des yeux, captivée par son regard hypnotique, et a soudain une révélation.

Songeuse, elle se force à détourner la tête pour regarder le plafond, puis les murs de l'écurie.

— J'ai trouvé! lance-t-elle. Il y a autre chose qui la retient captive, à part les entraves et le licou. L'écurie! Il faut s'en débarrasser, dit-elle en se tournant vers Pénélope avec un grand sourire.

— Tu as raison! dit Pénélope, étonnée. On est à l'intérieur depuis deux jours, et on n'y a même pas pensé!

Mystère pousse un hennissement sonore qui fend l'air. Julie s'empresse de couvrir les naseaux du cheval de sa main.

— Chut! souffle-t-elle à la jument avant de se tourner vers Pénélope. Je crois que Mystère est d'accord. Mais comment va-t-on se débarrasser de l'écurie?

— Tes parents ne nous permettront pas de la détruire nous-mêmes. Et ce serait trop long, de toute façon, dit Pénélope en réfléchissant à haute voix. Sans compter qu'on n'est pas assez fortes. On n'a même pas réussi à faire bouger le rocher, aujourd'hui.

Mystère secoue la tête en hennissant de nouveau.

— On sait ce qu'il faut faire, Mystère, dit Julie. Il faut seulement trouver comment on va s'y prendre.

La jument remue nerveusement, hennit et recule vers le mur. Kita se tourne pour lui faire face, alarmée.

— Qu'est-ce qu'il y a, Mystère? demande Julie en tendant la main pour calmer Kita. Tout va bien, ma belle, murmure-t-elle à la jument Pinto.

Mystère se cabre et hennit encore plus fort.

— Elle va réveiller tes parents, dit Pénélope d'un ton désespéré. Il ne faut pas qu'ils la voient!

Julie s'avance pour apaiser la jument fantôme, mais Mystère se cabre, puis se met à tourner autour du rocher. Ses sabots semblent effleurer le sol et sa queue flotte derrière elle comme une rivière noire.

— Julie! crie Pénélope. La chandelle!

Elles regardent, horrifiées, le rocher noir couché comme une bête inanimée. Les flammes dévorent la paille qui l'entoure. La queue de Mystère a fait tomber la chandelle.

Julie se fige sur place en voyant le feu se répandre et atteindre le mur. Les rondins secs comme de l'amadou s'enflamment comme s'ils étaient imbibés d'essence.

— Il faut sortir les chevaux! s'écrie-t-elle en arrachant son blouson et en l'enroulant autour du cou de Kita. Pénélope, tire-la!

Pénélope saisit les manches du blouson et tente de faire avancer Kita, pendant que Julie se place derrière la jument pour la pousser.

— Kita, avance, s'il te plaît! supplie Julie. Il faut que tu sortes!

Elle pousse de toutes ses forces sur l'arrière-train de la jument, mais cette dernière est paralysée par la frayeur.

— Les flammes se rapprochent, dit Pénélope en toussant. Il faut sortir, Julie!

L'écurie se remplit rapidement d'une épaisse fumée noire.

— Non! Je ne peux pas l'abandonner!

Dans l'obscurité, Julie aperçoit son carnet à croquis par terre sur la paille. Elle le ramasse et s'en sert pour frapper l'arrière-train de Kita de toutes ses forces. Le coup produit un bruit sec, et la jument effrayée avance d'un pas.

Julie fait un bond en voyant la paille s'enflammer sous ses pieds, puis recule en titubant quand une forme noire jaillit de la fumée. C'est Mystère! Elle se cabre en hennissant et envoie voler ses sabots en direction de Kita. Aussitôt, Kita bondit vers la porte de l'écurie. Pénélope la suit en suffoquant et chancelle dans l'air pur et frais de la nuit.

Julie tousse tellement qu'elle n'arrive pas à se relever. Étourdie et désorientée, elle s'agenouille sur la paille. La porte n'est qu'à quelques pas. Avec un effort surhumain, elle se met debout en vacillant. Elle sent quelque chose lui toucher le dos : c'est la tête de Mystère, qui la pousse doucement vers la porte. C'est le plus long parcours de sa vie, le plus pénible, mais Julie parvient finalement à sortir en titubant et à prendre une bouffée d'air vivifiant, tenant toujours son carnet à la main.

À quelques mètres de l'écurie, elle se retourne. La fumée s'échappe en tourbillonnant par la porte. Elle s'approche en toussant et se penche à l'intérieur, sous l'épaisse couche de fumée.

— Mystère! appelle-t-elle. Où es-tu? Viens! Tu dois sortir!

Peu à peu, la couche de fumée s'élève. *Le toit doit avoir brûlé en partie,* pense-t-elle. Puis elle voit la jument fantôme émerger de la fumée, indemne, telle une créature mythique nimbée de rouge et d'or.

Pendant quelques secondes, le cri sauvage de Mystère éclipse le grondement des flammes dévorantes. La jument se cabre, sa crinière noire indisciplinée se profilant sur les flammes orangées, ses yeux étincelant comme des saphirs.

Une fois de plus, Julie plonge dans le mystère insondable de son regard. L'espace d'un instant, Mystère et elle ne forment qu'un seul être, qu'une seule âme. Elle voit et ressent toute la joie et l'amour qu'éprouve la jument.

Et soudain, tout devient clair pour Julie. Elle sait que Mystère ne sera plus jamais prisonnière. Elle sait que ce ne sont ni l'écurie, ni les entraves, ni la haine de M. Hétu qui l'ont gardée captive tout ce temps. C'était la propre haine de Mystère qui avait mûri en elle, emplissant son cœur de malveillance. Julie comprend que tout ce dont Mystère avait

besoin, c'était de réapprendre à faire confiance et, finalement, à aimer. Et c'est l'amour, cet amour qui brille dans
les beaux yeux expressifs de la jument, qui a fini par la
libérer. Elle a surmonté son passé et s'est libérée de sa
propre malédiction.

— Mystère…

Le nom s'échappe de la bouche de Julie au moment où le
contact entre elle et l'animal se rompt soudainement.

Le feu cerne maintenant la jument. Elle caracole parmi les
flammes qui lèchent avidement ses jambes et sa queue, sans
jamais parvenir à la brûler.

Le feu s'attaque au mur de devant et se rapproche de plus
en plus de Julie. Au début, elle ne parvient pas à émettre un
son, et lève la main en guise d'adieu. Puis, d'une petite voix
haletante, elle lance :

— Je t'aime aussi, Mystère!

La chaleur est insupportable. Julie sent le picotement des
larmes séchées sur ses joues. Elle entend Mystère hennir
derrière elle alors qu'elle fait demi-tour et sort en courant de
l'écurie. Enveloppée par la fraîcheur de la nuit, elle sent de
nouvelles larmes couler sur son visage.

Derrière elle, Mystère caracole devant les flammes qui
dévorent les murs de l'écurie. Plus le bâtiment se consume,
plus la jument semble se réjouir.

Soudain, l'incendie s'intensifie. La flambée vorace se
retire des murs, formant une masse palpitante au centre de
l'écurie calcinée. Lentement, la masse brûlante se tord, se
tortille, puis se transforme miraculeusement en une énorme
créature de feu aux teintes rouges et or. Mystère se tient
immobile et fière devant la masse incandescente, la tête
haute et le regard intrépide. Pendant qu'elle fait face à l'incendie, le rocher géant explose dans un énorme craquement

sous l'effet de la chaleur insoutenable.

Mystère pousse un cri et se cabre, s'élevant vers le toit qui menace de s'écrouler. La créature de feu bondit elle aussi. Le noir et l'or s'entremêlent, puis le toit s'effondre. Une silhouette noire bondit dans le ciel empourpré, enfin libre.

Chapitre treize

Julie et Pénélope observent de loin l'écurie qui s'écroule sur elle-même. Une gerbe d'étincelles jaillit autour de la jument fantôme qui s'élève dans le ciel. Un cri triomphant retentit dans la nuit. Pas un cri comme celui qu'elles ont entendu auparavant, plein de rage et de haine, mais un cri de joie et de délivrance. Julie est secouée de frissons en regardant Mystère s'élever dans les airs, la crinière au vent et le monde à ses pieds.

Le cri s'évanouit, remplacé par un calme sinistre. *Mystère est-elle allée rejoindre une bande de mustangs fantômes qui rôde dans le ciel?* se demande Julie. *Ou bien est-elle partie courir en toute liberté dans un autre univers?*

— Peu importe où tu vas, j'espère que tu seras heureuse, chuchote-t-elle en regardant Mystère se fondre dans le ciel nocturne. Tu le mérites tellement!

Un éclair surgit des nuages et sillonne le ciel, suivi du grondement assourdissant du tonnerre. Kita caracole nerveusement entre les deux filles, ses sabots martelant le sol moelleux. Elle hennit pour saluer Mystère. Voyant que celle-ci ne répond pas, elle pousse un autre hennissement plus sonore et insistant. On n'entend pour toute réponse que les sirènes d'un camion d'incendie qui approche.

— Elle est partie, Kita, dit doucement Julie à la jument affolée.

Kita hennit, pousse un long soupir et tourne la tête vers l'incendie. Les flammes, moins importantes à présent, lèchent les rondins écroulés.

Les parents de Julie sortent en courant de la maison avant l'arrivée du camion d'incendie.

— Mais qu'est-ce que vous faites là? gronde le père de Julie en voyant les deux filles. Vous allez bien?

— Oui, on va bien, dit faiblement Julie. Je suis désolée, papa.

— Qu'est-ce qui s'est passé? demande sa mère.

— C'est à cause du vieux foin! s'exclame son père. Je savais que j'aurais dû l'enlever!

— À moins que ce ne soit la foudre, dit sa mère, alors qu'un autre éclair illumine le pré. Ce n'est pas de ta faute, dit-elle à son mari. Heureusement que la foudre n'est pas tombée sur la maison!

Elle frissonne. Julie avale sa salive avec nervosité :

— Non, tout est de notre faute. Je suis désolée. On avait allumé une chandelle dans l'écurie et... heu... la queue de Kita l'a fait tomber.

— On a failli ne pas sortir Kita à temps, s'empresse d'ajouter Pénélope. Elle était si effrayée qu'elle était paralysée. J'ai pensé qu'on allait mourir. Tout s'est passé si vite!

Les parents de Julie se regardent un instant en silence. Puis sa mère enlace les deux filles.

— Je suis tellement heureuse que vous soyez saines et sauves! Je n'ose même pas imaginer ce qui aurait pu arriver!

Julie peut entendre les sanglots dans sa voix.

— Bon, on se calme, dit son père. C'est fini. Tout le

monde va bien, même la grande coupable, ajoute-t-il en caressant le flanc de Kita d'une main tremblante. Entrez dans la maison, les filles.

Il ne reste plus grand-chose à faire à l'arrivée des pompiers. Ils sont en train de dérouler leurs boyaux quand il se met à pleuvoir. Tout est trempé en quelques minutes et le feu s'éteint en crépitant.

La mère de Julie propose d'abriter Kita dans le garage pour la nuit. Julie et Pénélope enfilent des imperméables et sortent la chercher. Elles chuchotent dans le garage tout en brossant la jument et en l'enveloppant d'une couverture.

— Je pense que Mystère a fait exprès de renverser la chandelle, dit Pénélope.

— Moi aussi, dit Julie. Mais ce n'est pas tout. Je l'ai vue dans l'écurie, et j'ai enfin compris. Mystère croyait que les entraves et l'écurie la retenaient. C'est pour ça qu'elle voulait qu'on les trouve et qu'elle a renversé la chandelle. Mais elle se trompait. C'était sa haine pour M. Hétu et les autres êtres humains qui la gardaient prisonnière. À la fin, j'ai lu de l'amour dans ses yeux. Et j'ai compris qu'elle était enfin libre.

— C'est donc toi qui l'as sauvée!

— Qu'est-ce que tu veux dire?

— C'est toi qu'elle a appris à aimer.

Julie sent les larmes lui monter aux yeux. Elle aussi a appris à aimer Mystère. Et maintenant, la belle jument fantôme a disparu.

Pendant quelques instants, les deux amies gardent le silence. Puis Pénélope lui dit :

— Elle va te manquer, n'est-ce pas?

— Oh oui! Mais on n'aura qu'à faire plein de choses amusantes cet été pour m'empêcher de penser à elle.

— D'accord, dit Pénélope avec un sourire malicieux. Je pense que c'est une bonne thérapie.

Après avoir pris soin de Kita, elles rentrent dans la maison. Même si c'est le milieu de la nuit, Pénélope appelle ses parents pour les rassurer, au cas où ils auraient entendu parler de l'incendie. Puis les filles enfilent leur pyjama et boivent un chocolat chaud en discutant des événements avec les parents de Julie. Avant d'aller se coucher, Julie va jeter un coup d'œil à Kita dans le garage. Elle est heureuse de constater que la jument semble calme et résignée à passer la nuit à l'intérieur.

Tard le lendemain matin, Julie et Pénélope se promènent dans les ruines de l'écurie, fouillant les cendres avec de longs bâtons. Pénélope avance jusqu'à l'endroit où est enterrée Mystère. D'une voix excitée, elle appelle Julie et lui montre le rocher noirci, renversé sur les cendres comme le corps affaissé d'une énorme bête.

Julie a le souffle coupé.

— Il est fendu en deux! dit-elle, stupéfaite. Le sortilège doit vraiment être rompu...

Au cours des jours qui suivent, avec l'aide de ses parents et de Pénélope, Julie rassemble les restes carbonisés de la vieille écurie et enlève les cendres avec un râteau et une pelle. Elle allume de petits feux pour brûler le bois qui reste. Son père transporte une bonne partie des débris au dépotoir et rapporte de la terre. Bientôt, l'emplacement est propre et aplani. À l'exception du rocher fendu entouré de nouvelle terre, on ne voit plus aucune trace de l'ancienne écurie.

Pénélope et Julie répandent des semences d'herbe sur la terre et l'arrose quotidiennement. Pour empêcher Kita de manger les pousses tendres, elles enfoncent des tiges de métal dans le sol et les relient par une corde. Cette clôture n'est pas très solide et n'empêcherait pas la plupart des chevaux d'atteindre les nouvelles pousses, mais pour Kita, toutes les clôtures sont infranchissables. Elle est intéressée par l'herbe délicieuse qui pousse de l'autre côté, mais elle se contente de marcher le long de la clôture de fortune en espérant qu'une ouverture va y apparaître comme par magie.

À mesure que les parents de Julie s'habituent à la gestion de *L'Écho de Belle-Rivière*, ils ont davantage de temps libre. Vers la troisième semaine de juillet, son père entreprend la construction d'un poulailler. Il est pratiquement terminé quand les poussins arrivent en août. En attendant qu'il soit prêt, la mère de Julie les met dans le garage, à l'abri dans une boîte chauffée.

Chaque fois qu'il pleut, Kita reste aussi dans le garage, puisqu'elle n'a pas encore d'écurie. Julie a étendu de la paille dans un coin, et s'assure qu'il y a toujours suffisamment d'eau et de foin. La boîte des poussins est juste à côté du coin de Kita. Julie et Pénélope s'amusent à prendre les petites boules de duvet jaune et à les déposer sur le dos de la jument. Les poussins sautillent sur son dos sans jamais tomber. L'un d'eux aime s'aventurer sur sa tête et se blottir entre ses oreilles. À une occasion, Kita baisse la tête pour manger un peu d'avoine, et le poussin dégringole par terre. Les filles éclatent de rire devant l'air surpris de la jument en voyant le poussin qui se remet sur ses pattes d'un air indigné.

En l'espace de quelques semaines, l'ancien emplacement

de l'écurie est couvert d'un tapis vert tendre. Seule la terre entourant le rocher est encore dénudée. Julie y répand des semences et continue d'arroser. Des pousses vertes finissent par apparaître, mais elles n'ont pas la même allure que les autres. Une fois qu'elles ont poussé, les filles s'aperçoivent qu'il s'agit de marguerites, de lupins et de boutons d'or – ce sont les fleurs sauvages qu'elles avaient parsemées sur la tombe de Mystère. À la fin de l'été, le rocher est entouré d'une jolie guirlande de fleurs.

Certains après-midi, quand elle est seule, Julie s'approche du rocher géant. *C'est comme une île sombre qui s'enfonce lentement dans une mer verte,* pense-t-elle en observant les fleurs et l'herbe qui croissent un peu plus chaque jour.

La clôture a été retirée. Kita peut maintenant s'approcher de Julie quand elle s'appuie sur le rocher et sent sa chaleur sur sa peau. Ce n'est plus une pierre tombale, à présent, seulement un rocher brisé. Quelques averses l'ont nettoyé, et Julie a découvert une étoile de cristal au bord de la fente. *Il est peut-être noir, mais il a un cœur d'une blancheur immaculée,* se dit-elle en touchant du doigt le morceau de quartz.

Par une journée chaude du mois d'août, Julie sort son carnet de croquis et dessine Kita, debout derrière la roche. Puis elle tourne la page et essaie de dessiner Maria de mémoire. Mais ses doigts ne veulent pas lui obéir. Quand elle a terminé, son dessin ressemble davantage à Pénélope qu'à Maria. Contrariée, Julie tourne la page et tombe sur le portrait de Mystère qu'elle avait fait la nuit de l'incendie. L'image lui saute aux yeux et elle sent son pouls s'accélérer. Le portrait est très ressemblant. Elle serre les paupières et referme son carnet.

Elle s'ennuie plus de Mystère qu'elle ne veut bien l'admettre. La jument lui manque plus qu'à Pénélope. Plus qu'à Kita, qui est demeurée triste pendant deux semaines, puis s'est apaisée comme si rien ne s'était passé. Mais Mystère, d'une certaine façon, fait maintenant partie de Julie. Depuis que la jument fantôme n'est plus là, elle a l'impression d'avoir perdu une partie d'elle-même.

Elle se demande parfois si Mystère lui a lancé un sort. Une tristesse obsédante et une sensation de vide la submergent, et elle se rappelle la dernière fois qu'elle a vu Mystère clairement, dansant triomphalement dans les flammes, ses étranges yeux bleus remplis d'amour.

Une semaine avant le début des classes, Julie décide d'aller rendre encore une fois visite à M. Hétu. Elle sait que Pénélope l'accompagnerait si elle le lui demandait, mais elle préfère y aller seule.

Je serais incapable d'expliquer à Pénélope pourquoi je veux y aller, pense-t-elle. *Je ne suis pas certaine de le comprendre moi-même.*

La maison grise semble encore plus petite à Julie quand elle emprunte l'allée envahie par les herbes qui mène à la maison. Elle hésite, puis frappe à la porte.

Au bout d'un moment, une voix rauque crie :

— Entrez!

En entrant dans le salon, Julie est frappée de constater que rien n'a changé. Elle a l'impression de revenir deux mois en arrière. L'horloge poussiéreuse est toujours sur le manteau encombré de la cheminée. Les lourdes tentures couvrent toujours les fenêtres, à l'exception d'une seule, devant laquelle M. Hétu est assis. Penché en avant, ses mains noueuses serrant les bras de son fauteuil roulant, il regarde dans la direction de la maison de Julie. *Il n'a pas bougé depuis ma dernière visite,* se dit Julie.

M. Hétu écarquille les yeux en la voyant, puis les plisse en lançant d'un ton hargneux :

— C'est toi! Eh bien, qu'est-ce que tu veux, cette fois? Tu connais déjà toute l'histoire. Je me demande bien pourquoi je te l'ai racontée, d'ailleurs. Je suppose que tu veux te débarrasser de cette diablesse? demande-t-il en gloussant. Mais il est impossible de s'en débarrasser. Tu ferais mieux de partir.

Il a un mince sourire, puis son visage redevient impassible quand il se tourne de nouveau vers la fenêtre.

Julie se sent soudain très fatiguée. *Pourquoi suis-je venue?* se demande-t-elle. *Peu importe ce que je lui dis, ça ne changera rien.*

Elle balaie la pièce délabrée du regard, puis regarde le vieil homme.

Mais il a le droit de savoir ce qui est arrivé à Mystère, n'est-ce pas? se dit-elle. *Il en a peut-être même besoin.* Avec un soupir, elle dit :

— Elle est déjà partie, monsieur Hétu.

Voyant qu'il ne répond pas, elle répète plus fort :

— Mystère est partie.

— Partie?

Cet unique mot chuchoté transperce le calme de la pièce. Julie voit que son visage est devenu d'une pâleur livide, même s'il continue à regarder par la fenêtre.

— Elle est partie il y a un mois, commence Julie. Il y a eu un incendie et...

Elle s'interrompt, hésitant à poursuivre.

M. Hétu se tourne vers elle, une horrible expression sur le visage :

— Partie? Comment un incendie aurait-il pu la libérer? s'exclame-t-il. Elle devait rester là pour toujours. Elle devait être là longtemps après ma mort. Elle devait payer pour ce qu'elle m'a fait! crie-t-il. Elle a gâché ma vie! Elle ne peut pas être libre! Elle doit payer!

Il se penche soudain en avant :

— C'est toi qui l'as libérée! Pas l'incendie! dit-il d'une voix moins forte, mais bien plus menaçante.

— Non! s'écrie Julie en reculant vers la porte. Ce n'est pas moi. Elle s'est libérée toute seule!

Elle tremble en regardant l'homme ratatiné dans son fauteuil roulant. Elle ressent toute la force de sa rage, et pense tout à coup à Mystère, enfermée dans l'écurie. Envahie par la haine. Remplie de malveillance. *Est-ce que c'était la même chose?* se demande-t-elle. *M. Hétu serait-il prisonnier de sa haine, lui aussi?*

Elle poursuit, s'efforçant de retrouver une voix calme :

— Mystère s'est libérée elle-même. Elle a appris à me faire confiance.

Elle s'interrompt et revoit les yeux de Mystère qui la transpercent. Puis elle reprend d'une voix douce, comme la première fois où elle s'est adressée à la belle jument fantôme :

— Elle a appris à m'aimer. Et c'est ça qui a finalement rompu le sortilège. L'amour a remplacé la haine.

Un silence malveillant règne dans la pièce. M. Hétu se tourne vers la fenêtre. Pendant quelques minutes, il regarde à travers le carreau sale, puis il baisse les yeux. Son visage laisse transparaître toute sa frustration et son amertume. L'étau de ses mains se relâche sur les accoudoirs. Son corps s'affaisse dans le fauteuil.

Julie observe le vieil homme qui se résigne à la défaite.

— Mystère est partie, maintenant, dit-elle. Vous ne pouvez rien y faire. C'est fini, ajoute-t-elle en baissant les yeux vers le sol, les oreilles bourdonnantes. Et elle ne vous a pas gâché la vie, M. Hétu. C'est vous qui avez gâché la sienne. Peut-être qu'elle vous a empêché de marcher, mais ce n'est pas elle qui vous a enfermé dans cette pièce. Vous l'avez fait vous-même.

Je ne peux pas croire que je lui dis ça, pense-t-elle.

Le vieil homme la regarde. Quand il prend la parole, sa voix est si basse qu'elle a du mal à l'entendre :

— Tu ne comprends pas. Tu ne sais pas ce que c'est.

— Ce que je sais, c'est que Mystère a oublié le passé, réplique Julie. Et vous pouvez le faire, vous aussi.

M. Hétu tressaille, frappé par la véracité de ses paroles. Pendant un instant, il reste là, bouche bée, les yeux dans le vague. Puis il referme la bouche et promène son regard sur le salon, passant du divan poussiéreux aux tables encombrées et au tapis usé jusqu'à la corde. Il fixe des yeux la plante depuis longtemps fanée dans un coin, puis les tentures qui couvrent les fenêtres.

— Ouvre-les! ordonne-t-il.

Les yeux brillants, il regarde Julie tirer sur la corde des tentures. La lumière traverse les vitres sales et illumine la pièce.

— Et maintenant, ouvre une fenêtre, dit-il en pointant du doigt.

Julie doit tirer de toutes ses forces pour arriver à faire glisser la fenêtre. Le son des chants d'oiseaux dans la cour leur parvient, porté par la brise.

Julie se retourne pour voir si M. Hétu veut qu'elle fasse autre chose. Il reste assis, clignant des yeux dans la lumière. Puis il hoche la tête pour la remercier.

— Tu peux partir, dit-il doucement.

Julie hoche la tête à son tour. Puis elle sourit et se dirige vers la porte.

Chapitre quatorze

À l'automne, une fois que l'école a commencé, Julie a beaucoup moins de temps pour penser à Mystère et à Maria. Elle aime bien son enseignante, Mlle Arsenault, qui est sévère, mais juste. Occupée par l'école, ses nouveaux amis, les jeux et les pratiques de volleyball, Julie pense uniquement au présent. Du moins, la plupart du temps.

Ce n'est que lorsqu'elle est seule ou avec Kita que ses pensées se tournent vers le passé. Une immense tristesse monte en elle, la submerge et l'enveloppe doucement de son manteau sombre. Les mois passent, et Julie est de plus en plus convaincue que ce sentiment ne la quittera jamais.

À la fin du mois de novembre, un après-midi où elle est venue voir Kita dans le pré, Julie se sent plus déprimée et accablée que d'habitude. Elle a pourtant eu une bonne journée à l'école. Mlle Arsenault lui a demandé de rester quelques minutes après la classe et lui a dit à quel point elle était satisfaite de son travail. Elle a beaucoup aimé une histoire que Julie a écrite et voudrait la lire devant toute la classe le lendemain. Julie a accepté, en précisant qu'elle préférerait que les autres ne sachent pas qui l'a écrite.

— Je suis contente que Mlle Arsenault aime mon histoire, Kita, chuchote Julie à la jument Pinto tout en lui caressant

124

la joue. Mais en même temps, je suis mal à l'aise. Comment de bonnes choses peuvent-elles arriver alors que Mystère n'est plus là? Et ça fait deux semaines que je n'ai pas eu de nouvelles de Maria.

Une soudaine bourrasque de vent glacial lui fait remonter la fermeture éclair de son blouson. Saisissant le licou de Kita, elle la conduit vers l'abri qu'a construit son père. Il n'a que trois murs et un toit, mais il la protège de la pluie et de la neige, et l'abrite du vent. Son père va construire une nouvelle écurie au printemps, dès que le sol aura dégelé.

— Et toi, as-tu passé une bonne journée, ma belle? demande Julie lorsqu'elles sont dans l'abri, tout en remettant en place la mèche sur le front de la jument. Penses-tu qu'il va encore neiger?

Kita hennit doucement en guise de réponse et frotte ses naseaux contre l'épaule de Julie.

— Je crois que l'hiver est là pour de bon, dit Julie. Hé, je sais! Je vais aller chercher quelque chose pour te réchauffer. Je reviens tout de suite!

Elle court dans le garage chercher une brosse, un seau d'avoine et la couverture accrochée au mur. Kita hennit en la voyant retraverser le pâturage.

— J'aime beaucoup ma nouvelle école, Kita. Vraiment. La plupart des enfants sont très gentils, dit Julie d'un ton distrait tout en brossant la jument. Mais...

Mais Mystère est partie et Maria a une autre meilleure amie, maintenant, poursuit-elle en son for intérieur. La brosse s'immobilise dans l'épais pelage d'hiver de la jument. Julie s'enfouit la figure dans les poils soyeux.

— Mais je suppose que j'ai une nouvelle amie, moi aussi, murmure-t-elle. Et je t'ai, toi, le plus beau cheval du monde.

Kita hennit et prend une autre bouchée d'avoine.

— Non, ne proteste pas, dit Julie en se redressant. Tu es le meilleur cheval du monde. C'est une chose qui n'a pas changé.

Elle reste là à écouter le bruit de Kita qui mâchonne.

— Tu sais, si j'avais le choix, je choisirais de déménager ici, parce que si je n'étais jamais venue, je n'aurais pas connu Mystère. Ni Pénélope. Et si on n'avait pas déménagé, papa et maman ne t'auraient pas achetée. Ce serait terrible, de ne pas t'avoir avec moi.

Elle s'appuie de nouveau sur le flanc de la jument. Kita est si chaude. Soudain, Julie sent quelque chose bouger. Et voilà que ça recommence. Elle pose la main sur le ventre de Kita, puis la retire comme si elle s'était brûlée. Elle a senti un mouvement sous sa main!

— Kita! s'écrie-t-elle d'une voix excitée, avant de remettre la main sur le ventre de la jument. Qu'est-ce que c'est que ça?

Kita tourne la tête et regarde Julie d'un air calme. Quelques grains s'échappent de sa bouche pendant qu'elle mâche son avoine.

Cet après-midi-là, la mère de Julie appelle le vétérinaire, qui vient examiner Kita. Julie n'en croit pas ses oreilles quand il leur annonce que Kita est pleine. Elle serre impulsivement sa mère dans ses bras. Cette dernière balbutie :

— Depuis combien de temps...

— Quatre ou cinq mois, répond le vétérinaire. Vous ne saviez pas qu'elle était grosse?

— Non, répond la mère de Julie en riant. Mais ça ne veut pas dire que nous ne sommes pas contents. Quelle est la période de gestation pour un cheval?

— Onze mois, intervient Julie d'une voix perçante.

126

— Ça veut dire qu'elle poulinera en mai ou en juin, dit sa mère en souriant. Elle a dû être fécondée en juin ou en juillet.

— Donc, c'est arrivé soit ici, soit au centre d'équitation de Myriam, ajoute Julie.

Une fois que le vétérinaire a terminé son examen, Julie replace la couverture sur Kita et boucle les sangles, puis se hâte vers la maison pour téléphoner à Myriam. Après lui avoir appris la nouvelle et constaté son étonnement, Julie lui demande s'il est possible que Capitaine, le poney gallois de Myriam, soit le père du poulain de Kita.

— C'est possible, Julie, répond Myriam. J'ai embauché une nouvelle fille d'écurie l'été dernier. Le premier jour, elle n'avait pas bien attaché la barrière de l'enclos de Capitaine, et il s'est échappé. On s'en est aperçus très vite, et je ne pensais pas qu'il avait pu s'approcher des juments. Mais on ne sait jamais. Il a peut-être été libre pendant vingt minutes avant qu'on ne le retrouve.

— Alors, il pourrait être le père? souffle Julie.

— Je suis désolée, Julie. J'aurais dû t'en parler même si je croyais que rien n'était arrivé.

— Non, ne sois pas désolée! C'est merveilleux, au contraire! Capitaine est si beau! J'espère que c'est lui le père. Ce serait le plus beau poulain du monde si c'était le cas.

Julie ne veut pas que Myriam se sente coupable. Et elle a toujours eu un faible pour Capitaine. Il est si plein d'énergie et amusant.

Elle raccroche et appelle aussitôt Pénélope pour l'inviter chez elle.

— Qu'est-ce qui se passe, Julie? demande Pénélope un peu plus tard, en regardant le pré. Qu'est-ce que tu veux me montrer?

— Tu ne trouves pas que Kita a quelque chose de différent? demande Julie avec un grand sourire.

— Non. Elle est comme d'habitude.

— Tu ne crois pas qu'elle a engraissé?

Pénélope observe la jument dans la lumière du crépuscule.

— Oui, un peu. Mais il faut dire que tu ne l'as pas beaucoup montée depuis le début de l'école.

— Ce n'est pas pour ça qu'elle a engraissé, dit Julie. Essaie de deviner. Je vais te donner un indice. Le vétérinaire est venu l'examiner aujourd'hui.

— Elle n'est pas malade, j'espère? demande Pénélope d'une voix inquiète.

— Non. Il dit qu'elle est en parfaite santé. Et il ne devrait y avoir aucun problème quand le moment sera venu.

— Quand le moment sera venu? répète Pénélope d'un air confus.

Puis elle s'exclame d'une voix entrecoupée :

— Veux-tu dire ce que je pense que tu veux dire?

À quelques mètres de là, Kita lève la tête. Pénélope poursuit en baissant la voix :

— Elle va avoir un bébé?

— Oui, répond Julie en éclatant de rire.

Quel soulagement de pouvoir enfin rire aux éclats sans arrière-pensée...

Elles franchissent la clôture et se dirigent vers Kita. Pénélope met sa main sur le ventre arrondi.

— Qui est le père? demande-t-elle.

— Je pense que ce doit être un adorable poney gallois du

centre d'équitation de Myriam. C'est là que Kita était en pension avant qu'on ne déménage. C'est un poney de concours gris appelé Capitaine.

— Comment ça, tu penses? Ils n'ont pas été accouplés?

— Non, c'était un accident. Il s'est échappé de son enclos et on pense qu'il est allé dans le pré de Kita en sautant la clôture. Elle n'était pas aussi haute que la sienne. Et il serait ensuite reparti de la même façon.

— Tu veux dire qu'ils n'ont même pas été vus ensemble?

— Non.

— Alors, ça pourrait être un autre étalon, comme le quarter-horse alezan que les Landreville ont acheté l'année dernière. Il est très beau.

— Mais Kita ne s'est jamais échappée ici. Comment ça aurait pu arriver? demande Julie.

— Et si cet étalon s'était échappé? Il aurait pu sauter la clôture sans que personne s'en aperçoive, comme Capitaine, dit Pénélope en haussant les épaules.

— Peut-être, répond Julie en souriant. Mais tu sais, ça m'est parfaitement égal. C'est tellement génial qu'elle ait un poulain, dit-elle en riant.

— Oui, c'est génial, dit Pénélope en soupirant d'un air rêveur et en caressant le cou duveteux de Kita. Tout ce qui nous reste à faire, c'est d'attendre pour le savoir. Quand doit-elle mettre bas?

— Le vétérinaire a dit que ce serait probablement à la fin de mai ou en juin, répond Julie. Mais il n'était pas certain.

— Oh, c'est bien trop long!

— Je sais, dit Julie en souriant. Ce sera pire que d'attendre que ce soit Noël un million de fois! Mais si Kita peut attendre, ajoute-t-elle en enlaçant le cou de la jument, moi aussi, je le peux!

Ce soir-là, Julie téléphone à Maria. Cette dernière est ravie d'apprendre la nouvelle. Elle demande à Julie de lui envoyer des photos de Kita chaque mois pour voir comment son corps se transforme et grossit.

Deux semaines plus tard, un colis contenant un long foulard vert arrive par la poste. Il est accompagné d'une lettre de Maria disant que le foulard est pour Kita, afin qu'elle reste bien au chaud. Julie met le foulard autour du cou de Kita et prend une photo afin de l'envoyer à Maria. Elle fait imprimer une deuxième épreuve et achète un cadre. Elle place le cliché sur sa commode, à côté de la photo de Maria et elle, ainsi que d'une autre qui la représente avec Pénélope, montant respectivement Rosie et Kita.

Le ventre de Kita gonfle graduellement au fil des mois. Le temps aurait passé plus lentement si les parents de Pénélope n'avaient enfin décidé qu'elle pouvait avoir son propre cheval.

Au cours des semaines qui suivent Noël, les deux amies, ainsi que les parents et les frères de Pénélope, font la tournée des fermes de la région pour aller voir les chevaux à vendre.

— Je vais le reconnaître quand je le verrai, dit Pénélope.

Mais après un mois de recherche, elle commence à être découragée.

— Penses-tu que je vais finir par le trouver? demande-t-elle à Julie.

— Bien sûr, dit son amie d'un ton encourageant.

C'est en février, le jour de la Saint-Valentin, qu'elles trouvent le cheval de Pénélope. En voyant l'alezan doré sortir de la stalle, Pénélope donne un coup de coude à Julie.

— C'est lui, chuchote-t-elle, les yeux brillants.

Marjolaine Bernier, la propriétaire, leur amène le cheval.

— Voici Rayon de soleil, dit-elle.

— Est-ce qu'il est bien dressé? demande la mère de Pénélope.

— Il est très doux et fiable. En fait, c'est le cheval de ma fille Pascale. Elle a acheté un nouveau poulain l'automne dernier pour s'entraîner à la course aux barils. Le pauvre Rayon de soleil a manqué d'attention ces derniers temps, explique Mme Bernier en brossant la longue crinière crème. Aimerais-tu le monter? demande-t-elle à Pénélope.

— Oui, oui! lance Pénélope avec un sourire radieux.

— Pas besoin de le lui dire deux fois! dit la mère de Pénélope en riant.

Après avoir fait le tour de l'enclos au pas, au trot et au petit galop, Pénélope va rejoindre les autres. Elle se penche sur sa selle et enlace le cou de l'alezan, humant sa bonne odeur de cheval.

— Pascale et moi avons décidé de le vendre seulement si nous trouvions un bon foyer pour lui, un endroit où il recevrait beaucoup d'amour, dit Mme Bernier en souriant à Pénélope. J'aurais pu le vendre à trois ou quatre occasions, mais je n'ai jamais eu le sentiment que les gens qui voulaient l'acheter l'aimeraient suffisamment. Jusqu'à aujourd'hui. Il est à toi si tu le veux, Pénélope.

Le père de Pénélope la regarde avec espoir.

— Est-ce que c'est le bon, cette fois, Pénélope?

— Oh oui! lance sa fille. C'est lui que je cherchais. Mais j'aimerais mieux l'appeler Soleil, si ça ne vous dérange pas, madame Bernier.

— Bien sûr que non, Pénélope, répond-elle. Je crois que Soleil est un très beau nom.

— Soleil! Soleil! crie Benoît en agitant la main en direction du nouveau cheval de sa sœur.

— Oleil! Oleil! l'imite Samuel.

Au début du printemps, dès que la neige et la glace ont fondu, Pénélope et Julie se promènent à cheval ensemble. À présent, on voit bien que Kita est pleine. Comme elle est lourde, les filles vont toujours au pas et ne s'aventurent jamais bien loin.

À la mi-avril, Julie cesse de monter Kita. Maintenant, les rôles sont inversés : c'est Pénélope qui est à cheval, et Julie qui est à bicyclette. Parfois, d'autres amis de leur classe se joignent à elles, montant soit un cheval qu'ils ont emprunté ou leur propre monture. Mais la plupart du temps, elles sont seules.

Aussitôt que le sol est dégelé, le père de Julie coule le ciment pour les fondations de la nouvelle écurie. Julie tient à ce que l'écurie à trois stalles soit terminée avant la fin du mois de mai, à temps pour la naissance du poulain. Chaque soir, elle sort avec son père dans le pré pour avancer les travaux. Elle tient les clous, lui tend les outils dont il a besoin et, quand ils ont terminé pour la soirée, elle balaie les copeaux de bois et le bran de scie qu'ils ont répandus en travaillant.

Un samedi matin, vers la mi-mai, Julie sort dans le pré et remarque que Kita est beaucoup plus mince. Au début, Julie ne voit pas la pouliche debout près du rocher fendu. C'est le son d'un petit sabot frappant le roc qui attire son attention. Un son qui lui donne soudain le frisson.

La voilà! Elle flageole encore un peu sur ses longues jambes, et sa robe d'un brun grisâtre est ondulée aux endroits où Kita l'a léchée. Elle lève fièrement sa petite queue bouclée et arque son cou élégant.

— Mystère?

Toute la douleur causée par l'absence de la jument est

contenue dans cet unique mot. Toute l'excitation suscitée par la gestation de Kita. Tout l'espoir inavoué, toutes les prières pour que le poulain de Kita soit d'une certaine manière la réincarnation de Mystère.

Le petit sabot s'immobilise dans les airs et la pouliche lève sa tête élégante. Elle pousse un petit hennissement aigu. Julie a le souffle coupé en voyant les yeux bleu ciel. Et elle aperçoit autre chose : un éclair blanc.

Elle franchit la clôture en appelant :

— Mystère!

La petite pouliche s'approche d'un pas chancelant mais enthousiaste. Elle appuie son front sur la poitrine de Julie et lui donne de petits coups avec ses naseaux.

— C'est bien toi, chuchote Julie. Je n'en crois pas mes yeux. Tu es revenue.

Elle tend la main et suit du doigt l'étoile blanche au centre du poitrail sombre de la pouliche.

— Elle a la même forme que l'étoile de cristal dans la fente du rocher, dit-elle, stupéfaite.

Julie plonge son regard dans les yeux bleus, muette d'émerveillement. En s'agenouillant devant la pouliche, elle pense à toutes les choses qu'elle voudrait dire à Mystère. À quel point elle est heureuse qu'elle soit revenue. Combien elle lui a manqué. Et combien elle l'aime.

La pouliche hennit et pousse tendrement l'épaule de Julie. Cette dernière sent un merveilleux sentiment de réconfort la submerger. *Mystère sait déjà tout ça*, se dit-elle. *Et elle m'aime toujours. C'est pour ça qu'elle est revenue.*

Julie se relève et dit à Kita, qui s'approche d'elles :

— Je comprends pourquoi tu n'avais pas l'air de t'ennuyer! Tu savais tout ce temps-là que c'était elle!

Avec un petit hennissement, la pouliche salue sa mère et

se met à téter. La petite queue duveteuse remue pendant qu'elle boit.

Julie enlace le cou de Kita :

— Tu es *vraiment* le plus merveilleux cheval de la terre, dit-elle à la belle jument Pinto. Et ta nouvelle fille aussi!

Julie la cajole encore pendant un moment, puis s'empresse d'aller annoncer la nouvelle à ses parents et de téléphoner à Pénélope. *Je vais aussi appeler le vétérinaire. Juste pour être certaine que Kita et Mystère vont bien.*

— À quoi ressemble le poulain? veut savoir Pénélope au téléphone.

— Viens voir! C'est une surprise, se contente de lui dire Julie.

— Est-ce que c'est le bébé de Capitaine? insiste Pénélope.

Julie éclate de rire.

— Viens, je te dis!

Bientôt, tout le monde est là. En les voyant s'approcher du pré, Kita et la pouliche se dirigent vers eux.

— Oh! Elle est superbe! Quelle belle pouliche! s'exclame la mère de Julie.

— Quelle étrange couleur, dit son père en regardant la pouliche d'un brun terne. Est-elle grise ou brune?

— Elle ne restera pas de cette couleur, papa, explique Julie. Elle va devenir noire. Tous les chevaux noirs naissent de cette couleur. Quand ils perdent leur robe de poulain, ils sont noirs en dessous.

— Je ne me souviens pas d'avoir vu un étalon noir chez Myriam, dit-il.

— On dirait qu'elle sait déjà qu'elle est à toi, dit Pénélope en voyant la pouliche pousser Julie de ses naseaux.

Son ton excité fait sourire Julie. Elle sait que son amie

aura bien des choses à lui dire quand elles seront seules.

Julie baisse la voix :

— Elle est à nous deux, dit-elle à Pénélope. Tu as travaillé aussi fort que moi pour la libérer.

— Non. J'ai Soleil, maintenant, et en plus...

Pénélope s'interrompt et jette un regard en coin aux parents de Julie pour s'assurer qu'ils n'écoutent pas. Ils sont en train de discuter, se demandant s'il y a des chevaux noirs dans les environs.

— En plus, reprend-elle doucement, Mystère a toujours été à toi. Dès le début. Et tu sais comment elle traite les gens auxquels elle ne veut pas appartenir.

— Je te remercie, dit Julie avec un sourire. Mais elle t'aime bien, tu sais.

— Ouais, réplique Pénélope. Et je veux que ça continue!

— Comment vas-tu l'appeler, Julie? demande sa mère pendant que la pouliche se dirige en titubant vers Kita.

— Mystère.

— Mystère, répète lentement sa mère d'un air songeur. Oui, c'est un beau nom.

— Ça lui va bien, dit son père. Comment l'as-tu trouvé?

— Oh, elle me rappelle un cheval dont j'ai entendu parler. Il s'appelait Mystère.

— Avec ses yeux et sa couleur, tu aurais pu l'appeler Fantôme, Ombrage ou Magie noire, dit sa mère en souriant.

Son père éclate de rire et met son bras autour des épaules de Julie.

— C'est peut-être pour ça qu'on ne se rappelle pas avoir vu de cheval noir dans le coin. Peut-être qu'elle a été conçue par magie...

Mystère lève les yeux vers Julie avec un petit ébrouement aigu. Julie rit à son tour en discernant un pétillement amusé dans les yeux bleu ciel.

— Qui sait? dit Julie en souriant à son père. Au fond, sa naissance est un vrai mystère!

Carl Larsen

Angela Dorsey a passé son enfance dans la vallée de Bella Coola, en Colombie-Britannique, ce qui a fortement influencé son écriture : « Mon activité préférée était de monter mon fidèle cheval, Ben, et de partir explorer les bois. Une bonne partie de mes rêves et de mes aventures de cette époque peuplent mes livres. » Son amour des chevaux ne s'est jamais démenti au fil des ans. Angela vit sur l'île de Vancouver avec son mari. Elle a trois enfants maintenant adultes, ainsi qu'un chien, un chat et trois chevaux.